AF220581

ANvisiert

Team Gran Canaria Band 3

von Drea Summer

dreasummerautor@gmail.com
Facebook: Autorindrea

1. Auflage, 2020

© Alle Rechte vorbehalten.
Herstellung und Verlag: BoD – Books on
Demand, Norderstedt

ISBN: 9783751984430

Lektorat/Korrektorat: Lektorat TextFlow by
Sascha Rimpl
Covergestaltung ©Dream Design – Cover and
Art
Covermotiv © Stockfoto AdobeStock_192847290

ANvisiert

- Ein Gong ertönte, wie bei einem Boxkampf.
War das Spiel dieses Psychos vorbei? Doch was
würde nun passieren? -

Nachdem auf Gran Canaria zwei Jugendliche
tot aus dem Meer geborgen wurden, engagiert
eine besorgte Mutter die Privatermittler Sven
und Jenny, um ihren Sohn zu observieren.
Die Spur führt sie zu einer Clique, in die man
nur nach lebensgefährlichen Mutproben aufgenommen wird.
Doch dann verschwindet erneut ein Jugendlicher, und kurz darauf ein weiterer. Die Polizei
vermutet dahinter einen geisteskranken Entführer.
Doch das ist nur die halbe Wahrheit. Auf der anderen Seite verbirgt sich ein uraltes, grausames
Ritual, dessen Wurzeln Jahrzehnte in die Vergangenheit reichen.
Letztendlich gerät Sven selbst ins Visier des
Psychopathen. Wird er dem tödlichen Spiel entkommen?

Bibliografische Information der Deutschen Na-
tionalbibliothek. Die Deutsche Nationalbiblio-
thek verzeichnet diese Publikation in der Deutschen Nationalbibliografie; detaillierte bibliografische Daten sind im Internet über
http://dnb.dnb.de abrufbar.

Herstellung und Verlag:
BoD – Books on Demand, Norderstedt

ISBN: 9783751984430

1

In einem Tag – Freitag, nachmittags

»Du oder er?«, sagte ich zu dem schwarzhaarigen Jungen, der mich mit seinen blauen Augen anstarrte. Sein ganzer Körper zitterte vor Angst. Ich saugte seine Furcht in mich auf wie ein Schwamm. Ich deutete auf den Schalter, der vor ihm auf dem Tisch festgemacht war. Nur zum Ein- und Ausschalten gedacht. Doch je länger er gedrückt wurde, umso länger hörte man das Schreien. Umso tiefer saß der Schock in dem Jungen. Umso mehr konnte ich mich davon nähren.

2

Jenny und Sven - Donnerstag, nachmittags

»Schatz?«, sagte Jenny und schaute von ihrem Bildschirm auf. »Hast du das schon gelesen?«

Sven seufzte laut und ging zu ihr hinüber. »Wenn du in ganzen Sätzen mit mir sprechen würdest, wäre das toll. Dann hätte ich alle Informationen auf einmal.«

Jenny lachte. »Das hab ich mittlerweile von dir übernommen, scheint jedenfalls so.« Ganz nah kam er an sie heran, beugte sich zu ihr hinab, schob ihre braunen langen Haare zur Seite und küsste sie zärtlich im Nacken, sodass sich sofort eine Gänsehaut auf ihren Armen aufstellte. Sie kicherte und wand ihren Oberkörper hin und her, doch Sven hielt sie an den Schultern fest und grub seinen Dreitagebart tiefer in ihre Haut. Jenny quiekte auf und sagte: »Hör auf jetzt. Du bist schrecklich. Lies das mal.« Sie deutete auf einen Zeitungsartikel, den sie in einem der etlichen Fenster auf dem Bildschirm geöffnet hatte.

Sven ließ von Jenny ab und las die Überschrift. »Wieder ein Jugendlicher tot aufgefunden. Suizid auf Gran Canaria.«

»Ja! Ist das nicht der reinste Wahnsinn? Warum bringen die sich bloß um?«, fragte Jenny und zog ihre rechte Augenbraue hoch. »Das ist jetzt schon der zweite Fall in diesem Monat. Der eine vierzehn und dieser hier fünfzehn Jahre alt.«

»Ja, wirklich sehr interessant. Was da wohl dahintersteckt? Leider können wir das nicht weiterverfolgen, weil wir einen anderen Fall haben, der sogar Geld einbringt. Das wir auch dringend nötig haben, wenn ich mir die ganzen kreuz und quer herumliegenden Rechnungen hier ansehe.« Er seufzte bei dem Anblick und fragte sich, wie man in diesem hausgemachten Chaos den Überblick behalten konnte.

Jenny nickte zustimmend. »Dann lass uns mal losfahren. Schließlich muss Herr Gonzales in einer halben Stunde zur Arbeit. Und dann wollen wir mal sehen, ob er seinen Job macht, für den er bezahlt wird.«

»Eigentlich schlimm, dass wir einen Arbeitnehmer überwachen müssen, findest du nicht? Ich meine, seit zwei Tagen verfolgen wir ihn, und bisher ist nichts Auffälliges passiert. Ist das nur der Chef, der so paranoid ist?«

»Mir egal. Wir haben einen Vorschuss gekriegt, somit müssen wir unseren Job machen. Und wenn der Mann seinen Verpflichtungen nachkommt, umso besser. Schlimmer wäre es, wenn wir etwas herausfinden. Oder?«

Sven schnappte sich seine dünne Fleecejacke. Trotz der noch sommerlichen Temperaturen im September gab es einige Orte auf der Insel, wo

7

der Wind kalt blies. Er öffnete die Tür und blieb wie erstarrt stehen. Eine Frau mittleren Alters stand vor ihm. Die Augen waren verweint, und ihre hellbraunen Haare hingen glanzlos in ihr Gesicht. Sie reckte ihm die Faust entgegen. Vermutlich hatte sie gerade an die Tür klopfen wollen.

»*Buenas tardes, Señora*[1]«, sagte Sven rasch und bedeutete ihr mit einer Geste, dass sie ins Büro eintreten könne.

Doch die Frau rührte sich nicht vom Fleck.

»Verstehen Sie mich?«, fragte Sven und beugte sich leicht nach unten. Vielleicht waren es Svens stattliche ein Meter fünfundachtzig, die sie erschreckt hatten, als er so plötzlich vor ihr gestanden hatte. Sie selbst war noch kleiner als Jenny und besaß eine überaus zierliche Figur.

»Ja«, antwortete die Frau zögerlich. »Ich verstehe Sie. Ich brauche Ihre Hilfe.«

Klar, weswegen würde sie sonst vor unserer Tür stehen?, dachte Sven, verkniff sich aber einen Kommentar. Jetzt war nicht der richtige Moment für solche Scherze.

»Dann nehmen Sie doch Platz«, sagte Jenny und deutete auf den großen Besprechungstisch, der mittig im Büro stand. Schnell stellte sie die Einkaufstüten mit den Büchern, die sie gestern im Secondhandladen erstanden hatte, auf den Boden und räumte die beiden Gläser, ebenfalls

1   Guten Tag/Abend, meine Dame.

noch von gestern, in die Spüle der Miniküche. »Erzählen Sie uns doch mal, wobei Sie unsere Hilfe brauchen.«

Die Frau setzte sich auf den Stuhl, den Jenny unter dem Tisch hervorgezogen hatte, und hielt für einen Moment inne. Sven kam es vor, als ob sie sekundenlang den Atem anhielt, bevor sie zu sprechen begann.

»Wissen Sie? Ich mache mir große Sorgen um meinen Sohn. Er hat sich so verändert in den letzten Wochen.«

»Wie meinen Sie ›verändert‹? Wie alt ist denn Ihr Sohn?« Jenny zückte ihr Notizbuch.

»Er ist fünfzehn. Fürchterlich, es ist einfach fürchterlich. Ich meine, die schrecklichen Nachrichten aus der Zeitung. Und dann sein verändertes Wesen. Ich … ich hab echt Angst um ihn. Wir sind erst seit Juli hier auf Gran Canaria. Er hat hier ja noch keine Freunde. Die Schule hat doch erst begonnen.« Die Tränen schossen bächeweise ihre Wangen hinunter, und ihre Hände begannen zu zittern, als wären plötzlich Minusgrade im Büro.

»Immer der Reihe nach«, sagte Jenny. »Wie ist Ihr Name? Und wie heißt Ihr Sohn?«

»Oh, Entschuldigung. Vor lauter Aufregung hab ich tatsächlich vergessen, mich vorzustellen. Mein Name ist Maria. Maria Luisa Martín Hernandez. Aber bitte nennen Sie mich Meli. Und mein Sohn heißt Santiago. Also, können Sie mir helfen?«

9

»Ich bin Jenny, und das ist mein Partner Sven. Was genau sollen wir für Sie tun?«

»Das ist doch klar. Sie sollen ihn beschatten und herausfinden, warum er sich so verändert hat. Ich habe Ihnen eine Anzahlung für Ihre Dienste gleich mitgebracht. Aber Sie müssen mir versprechen, dass Sie vor meinem Mann kein Wort darüber verlieren, dass ich Sie engagiert habe. Er würde durchdrehen bei dem Gedanken, dass ich Geld für so was ausgebe.« Meli kramte in ihrer Handtasche und legte einen weißen Umschlag auf den Tisch, den sie Jenny zuschob.

»Das heißt, Sie haben mit Ihrem Mann bereits darüber gesprochen, dass Sie sich Sorgen um Ihren Sohn machen?«

»Ja, und Max meinte nur, dass Santiago eben gerade in einer schwierigen Phase seines Lebens ist und er keinen Schnuller mehr braucht. Aber ich spüre doch, da stimmt etwas nicht.«

»Was genau meinen Sie damit? Erklären Sie mir, wie Santiago sich verändert hat.«

»Er hat sich, seitdem wir hier sind, sehr zurückgezogen. Also, es ist nicht so wie auf Lanzarote. Dort hat er immer Freunde mit nach Hause gebracht. Aber hier … hier hat er noch keine Freundschaften geschlossen. Er ist immer allein unterwegs. Max meinte, das ist völlig normal und er muss sich hier erst eingewöhnen.«

»Ich nehme an, Ihr Mann Max ist kein Spanier oder Canario?«

10

»Das stimmt. Max kommt gebürtig aus Wien. Und ich vom spanischen Festland. Wir haben uns vor mehr als zwanzig Jahren kennengelernt. Er hat in dem Hotel auf Lanzarote, in dem ich als Zimmermädchen gearbeitet habe, die Baumaßnahmen für den neuen Wellnessbereich geleitet. Meine Großeltern sind Canarios, müssen Sie wissen, und Santiago gleicht seinem Urgroßvater fast wie ein Ei dem anderen. Ach ...« Meli seufzte gedankenverloren. »Es war Liebe auf den ersten Blick zwischen Max und mir.«

»Oh, ich bin auch Österreicher«, warf Sven sofort ein. »Ich komme aus der Obersteiermark.«

Jennys strafender Blick traf ihn. Doch Meli schien dieser Einwurf nicht gestört zu haben, denn sie erzählte weiter.

»Santiago war zwar nicht geplant, trotzdem ein Wunschkind. Verstehen Sie, was ich meine? Es war vielleicht drei Monate nach dem Unfall, den Max auf der Baustelle gehabt hat. Ein tonnenschweres Teil hat sein Schienbein unter sich begraben und einen Trümmerbruch verursacht. Ich war heilfroh, dass er am Leben war, nur das steife Bein ist bis heute geblieben. Ich glaube, es waren die Glückshormone in mir, die Santiago geholfen haben, zu entstehen. Doch als ich merkte, dass ich schwanger war, hatte ich solche Angst, mein Baby zu verlieren. Hatte ich doch erst kurz zuvor verstanden, wie schnell man einen geliebten Menschen verlieren kann.« Meli schwieg einen Moment, bevor sie

11

weitersprach. »Und Max meint jetzt, dass diese Angst noch immer fest in mir verankert ist und ich mir deshalb wegen jeder Kleinigkeit Sorgen um meinen Sohn mache. Max sieht das alles anders: Santiago ist eben ein Teenager, und die verändern sich nun mal und wollen sich von Mutters Rockzipfel lösen.«

»Wir nehmen Ihre Sorge ernst und werden uns Ihres Falls annehmen. Haben Sie ein aktuelles Foto von Ihrem Sohn dabei? Und wo können wir ihn antreffen um diese Zeit?«

Meli kramte in ihrer Handtasche, förderte ihr Handy zutage, und wenige Sekunden später drehte sie den Bildschirm zu Sven und Jenny.

»Hübscher Junge«, sagte Jenny sofort. »Wahnsinnig blaue Augen. Können Sie uns dieses Bild bitte schicken? Und alle Infos, die wir sonst noch so benötigen könnten.«

3

Enrique – Donnerstag, nachmittags

Tausende Gedanken huschten Enrique durch den Kopf, doch keiner – wirklich keiner – konnte ihn aus seiner aussichtslosen Lage befreien. Wieder hörte er das Klicken, gefolgt von dem Knirschen der Steine, die unter ihm waren. Das allein ließ sein Blut schon erstarren. Leise quietschende Geräusche setzten ein, und das Eisengerüst, auf dem er festgebunden war, neigte sich. Worauf hatte er sich bloß eingelassen? Wieso nahmen sie ihn nicht einfach in ihre Clique auf?

Gleich würde sein Kopf ins Wasser eintauchen und ihm die Luft zum Atmen geraubt werden. Hoffentlich nicht so lange wie beim letzten Mal. Er hörte seine »Freunde« johlen und jubeln. Sie schrien lautstark seinen Namen. »Enrique, Enrique!« Fast klang es wie im Fußballstadion – die Anfeuerungsrufe bei einem Elfmeter. Es war jedes Mal ein Heidenspaß für diese Arschlöcher, wenn es um eine Mutprobe ging.

Diesmal hatten sie sich etwas Besonderes einfallen lassen. Wie immer trafen sie sich an der kleinen Bucht in der Nähe der verlassenen Zementfabrik in El Pajar. Dort, wo die runden Steine aufeinandergeschichtet waren und steil

13

ins Wasser führten. Das war der Lieblingsort der Gang. Denn dort waren sie ungestört. Keine Menschenseele weit und breit. Erst vor wenigen Tagen hatten sie sich das Metallgitter besorgt, das auf dem Gelände der Fabrik zurückgelassen worden war. Wer auch immer auf die Idee gekommen war, diese Art von Mutprobe auszuführen, demjenigen hätte Enrique am liebsten den Hals umgedreht.

Das eiskalte Meerwasser schwappte ihm ins Gesicht, und er hielt die Luft an. Weiter und immer weiter ließen die Jungs ihn ins Meer sinken. Plötzlich stoppte seine Unterlage abrupt. Er richtete ein Stoßgebet gen Himmel, dass dieses abartige Spiel nun ein Ende habe und sie ihn jetzt doch endgültig in ihrer Clique akzeptierten. Doch er spürte nicht den Ruck, der ihm beim ersten Mal signalisiert hatte, dass sie ihn wieder hinaufzogen. Er schwebte fast schwerelos im Meer. So musste sich ein Astronaut fühlen, der im Weltall in einem Shuttle arbeitete. Oft genug hatte er sich Reportagen darüber angesehen und jeden Film, der auch nur am Rande etwas mit der Raumfahrt zu tun hatte, verschlungen.

Es fühlte sich an wie ein Schlag mitten in sein Gesicht, und abrupt öffnete er seine Augen. Um ihn herum war alles schwarz. So schwarz wie die Nacht nie sein könnte. Er drehte seinen Kopf zuerst nach links und dann nach rechts. Seine Augen brannten wie das Höllenfeuer. Doch,

14

nichts. Panik strömte wie Gift in seine Adern, und er zerrte an seinen Fesseln. Vergebens!

¡Qué puta mierda![2], schoss es durch sein Hirn. Sein Brustkorb fühlte sich an, als würde ein Felsbrocken darauf liegen, der ihm die letzte Luft aus den Lungen presste. Bunte Lichter flackerten vor seinen Augen auf. Die Schwärze legte sich schützend wie ein Mantel um ihn und riss Enrique mit sich in die Tiefe.

2   Was zum Teufel?! Was zur Hölle?!

4

Vor 31 Jahren

Ein lang gezogenes Knarren bohrte sich durch die Stille des Hauses. Obwohl es mitten in der Nacht war, startete Operation Gänseblümchen. Onkel John hatte die vorletzte Stufe erreicht, und ich schlich leise hinterher. Vater durfte auf keinen Fall aufwachen. Schon seit Tagen hatte Onkel John von nichts anderem mehr geredet. Diesmal durfte ich dabei sein. Meine Hände waren schwitzig vor Aufregung, und mein Herzschlag hatte sich in Sekundenschnelle verdoppelt, als er zu mir ins Zimmer gekommen war und mich geholt hatte. Nochmals kamen mir seine Worte in den Sinn. »Es ist wichtig. Das muss so sein.«

War es richtig oder falsch, was Onkel John machte? Ich wusste es nicht. Woher auch? Ich war doch erst zwölf Jahre alt und tat das, was er mir befahl. Ich erinnerte mich noch genau an den Abend, als ich mich auf seinen Schoß gesetzt hatte und er mir die Geschichte erzählte. Die Geschichte, die wir seit jenem Abend Gänseblümchen nannten. Ein Codewort war doch für jede Operation wichtig. Zumindest in den Serien, die ich mir Nacht für Nacht reinzog. Doch in den Horrorfilmen wurde das nie so gemacht.

»Seit Jahrhunderten wird es so gehandhabt, und es soll Schutz bieten und die Geister fernhalten. Und es zeigte sich im Laufe der Zeit, dass die Behauptungen tatsächlich wahr sind. Auch heute noch wird es so praktiziert auf der ganzen Welt. Es ist nichts Schlimmes daran. Du brauchst dir nur den Stärksten auszusuchen. Schließlich muss es halten. Verstehst du?«

Zärtlich drückte er mich an seinen Körper, und ich nickte, obwohl ich nicht alles verstand, was er sagte. Onkel John war weder mein Onkel noch hieß er John, doch ich spürte diese innere Verbundenheit, dieses unsichtbare Band, das uns von Anfang an miteinander verwurzelt hatte.

Ich erinnerte mich noch gut an seinen Einzug hier ins Haus vor drei Monaten. Im ersten Moment hatte ich nicht verstanden, warum Vater ihn mitgebracht hatte, waren wir doch bisher auch gut ohne einen Mitbewohner ausgekommen. Doch schon in derselben Nacht wurde ich von ihm geweckt. Ich erschrak zu Tode, jedoch lächelte er mich an und legte seinen Zeigefinger auf meinen Mund. Schlaftrunken setzte ich mich im Bett auf.

»Mein Junge! Möchtest du mit mir ein Abenteuer erleben?«, flüsterte er, und seine Stimme hörte sich kratzig an.

Ich war von einer Sekunde auf die andere hellwach und nickte eifrig. Da kam das Bauchkribbeln das erste Mal zum Vorschein, denn wenn es sich hier um nichts Verbotenes

17

handelte, warum kam er mitten in der Nacht in mein Zimmer?

»Gut! Das dachte ich mir. Ich habe dich beobachtet, als du dir heute diesen Film angesehen hast. Du weißt, welchen ich meine, ja?«

Ich nickte, aber nicht mehr mit der gleichen Intensität wie zuvor. Mein Blick senkte sich gen Boden, das schlechte Gewissen hatte mich übermannt. Doch legte er seine Hand unter mein Kinn und zwang mich, ihm in die Augen zu blicken.

»Keine Sorge. Ich erzähle nichts deinem Vater«, sagte er und lächelte mich an, als hätte er mich soeben gelobt. »Hör zu! Ich weihe dich ein in meine Pläne. Du wirst eines Tages in meine Fußstapfen treten. Aber wir brauchen Codenamen. Schließlich sind wir in geheimer Mission unterwegs.«

Ich nickte wieder. Meine Hände begannen zu schwitzen. Das hörte sich alles aufregend an und war genau das, wonach ich die ganze Zeit gesucht hatte.

»Ich bin ab sofort für dich Onkel John. Und du, mein Junge«, sagte er und strich mir durchs Haar. »Du bist mein John-Boy.«

5

Marcos – in einem Tag – Freitag, nachmittags

Marcos fixierte den Schalter, der vor ihm auf dem zerkratzten Tisch festgemacht war und ihn fast schon anprangernd anstarrte. Er wollte, nein, er konnte nicht draufdrücken. Nicht wieder diese Schmerzensschreie hören, die zwar aus einer anderen Kehle drangen, aber ihn tief in seinem Inneren erschaudern ließen. Doch würde er den Schalter nicht betätigen, dann würde es ihn – Marcos – treffen. Er würde den Stromstoß abbekommen, der über die Elektroden an seinem nackten Oberkörper wie ein Orkan durch ihn hindurchfegen würde. Sein Körper würde sich abermals in sich zusammenziehen wie ein Kaugummi. Genau so wie es schon einige Male zuvor der Fall gewesen war.

Der Timer, der an der unverputzten Wand hing und den Countdown wie bei einer Bombe herunterzählte, zwang ihn zur Eile. Plötzlich verschwammen die Zahlen vor seinen Augen, und die ganze Situation, in der er sich befand, wirkte mit einem Mal unwirklich. Fast nicht existent. Wieder ertönte die Stimme hinter ihm, und schlagartig war er in der grausamen

Realität angekommen, als die Zahl Fünfzehn auf dem Display erschien.

Vierzehn, dreizehn ...

»Du oder er?« Es war eher wie ein Flüstern, und vielleicht hatte Marcos sich das auch nur eingebildet.

Zehn.

Wenn er den Schalter nicht betätigte, würde ihn der andere Junge auch verschonen? Doch was brachte es? Würde der Stromstoß dann sie beide treffen, wenn keiner den Schalter drückte?

Sechs.

Und wenn er nicht drückte und der andere Junge doch, dann floss die Energie gleich zweimal in kurzer Zeit durch seinen Körper. Wer war der andere Gefangene dieses Irren? Warum sollte er ihn verschonen?

Drei.

Marcos betätigte den Taster, und im selben Moment hörte er den Schrei aus dem Lautsprecher hinter ihm, der tief aus der Kehle eines Jungen zu kommen schien. Einen Augenaufschlag lang zuckte Marcos zusammen und fragte sich, ob seine Entscheidung richtig oder falsch war. Er selbst konnte den Schmerz nachfühlen, den nun der andere Junge abbekam, und Marcos' Herz polterte gewaltig gegen seinen Brustkorb. Diese geballte Ladung, die ihn wie ein Torpedo durchschoss und in Windeseile alle Gedanken wegblies, bis auf einen:

Hilfe!

6

Sven und Jenny – Donnerstag, nachmittags

»Du beschattest *Señor*[3] Gonzales, und ich werde mir mal anschauen, was der Junge so treibt«, sagte Sven zu Jenny. Meli hatte vor wenigen Minuten das Detektivbüro *El Espía* verlassen, nicht ohne nochmals darauf hinzuweisen, dass die beiden kein Sterbenswort ihrem Ehemann verraten durften. Wobei Sven fand, dass dies selbstverständlich war, denn als Detektiv musste man der Schatten der Zielperson sein und durfte um keinen Preis auffallen. Und schon gar niemandem von seinem Auftrag erzählen.

»Ja, ich nehm das Auto, okay? Du den Roller«, sagte Jenny noch, nahm Sven den Schlüssel aus der Hand und hauchte ihm einen Kuss auf die Wange.

»Super«, sagte Sven. »Ich krieg wieder das doofe Ding. Ruf mich an, wenn was ist, ja?«

Jenny antwortete nicht mehr, sondern nickte nur, als sie Richtung Tiefgarage lief. Sven schaute auf seine Armbanduhr. Es war kurz nach sechzehn Uhr. Er las sich die Zeiten, die Meli den beiden aufgeschrieben hatte,

3   Herr

nochmals durch. ›*16:30 Uhr: Santiago joggen auf der Strandpromenade in Arguineguín.*‹ Schnell schwang er sich auf den Roller, den er vor wenigen Wochen günstig erstanden hatte. Das alte Moped, mit dem Jenny ihn anfangs fast umgebracht hatte, hatte er verkauft. Davon abgesehen, dass das Ding mehr Löcher im Blech gehabt hatte als ein Sieb, war es auch noch eine lahme Ente gewesen.

Sven setzte den Helm auf und machte sich auf den Weg in das Städtchen Arguineguín. Das war ihm ganz recht. Denn von der Strandpromenade bis zu dem Reihenhäuschen, das Jenny und er erst seit zwei Wochen ihr Eigen nannten, waren es maximal fünf Minuten Fahrzeit. Na ja, Eigentum war es noch nicht ganz, wenn Sven darüber nachdachte, wie hoch die Kreditrate war, die die Bank jeden Monat von ihnen forderte. Aber der Ausblick von dort entschädigte ihn für alles.

Es waren zwanzig Minuten vergangen, und Sven spazierte am Anfang der Promenade entlang. Er schielte immer wieder auf das Foto auf seinem Handy und musterte alle blonden jungen Männer, die er sah. Doch bisher war Santiago nicht aufgetaucht. Dabei hatte Meli gesagt, dass er jeden Tag hier joggte. Immer zur selben Zeit. Sven lehnte sich an die Metallbrüstung. Hinter sich hörte er das Meer rauschen, das sich an der betonierten Mauer des Naturschwimmbeckens brach. Er seufzte laut, und die salzgeschwängerte Luft kroch in seine Nase.

Vielleicht ist Santiago heute etwas dazwischengekommen? 16:37 Uhr zeigte seine Armbanduhr an. Gedanklich ging er das Gespräch mit Meli nochmals durch. Sie selbst wohnte mit ihrem Mann und Santiago in einem der Häuser, die direkt neben dem Einkaufszentrum Ancora standen. Und Santiago nahm – zumindest sagte das Meli – immer dieselbe Strecke Richtung Promenade. Anfangs waren sie und ihr Sohn gemeinsam joggen gegangen, bis sich Melis Dienstplan geändert hatte.

Sven musste an der richtigen Stelle sein. In einem kleinen italienischen Restaurant direkt an dem neu angelegten Naturschwimmbecken nahm er an einem der Tische Platz. *Genau hier muss er vorbeikommen,* dachte Sven und schaute sich wieder nach allen Seiten um. Das wäre der kürzeste Weg von Santiagos Zuhause. Als der Kellner zum Tisch kam, bestellte er sich eine Cola, die er sofort bezahlte.

Sein Handy gab einen Piepton von sich, und schon allein der Name, der auf dem Display erschien, schnürte ihm die Kehle zu. Stefanie! Wie lang war das wohl her, dass ausgerechnet sie sich bei ihm gemeldet hatte? Er las die Nachricht: ›*BRAUCHE DEINE HILFE!*‹

»Natürlich brauchst du meine Hilfe«, murmelte er leise vor sich hin und kontrollierte mit seinen Augen wieder die Promenade.

23

Immer wenn du etwas brauchst, meldest du dich. Ansonsten nicht.

Er steckte sein Telefon in die Hosentasche zurück. Im Moment wollte er ihr nicht antworten. *Das wird warten müssen. So dringend kann es wohl kaum sein.* Vermutlich ging es mal wieder ums liebe Geld. Doch diesmal würde er hart bleiben, auch wenn ihm Roman leidtat. Der Kleine würde wohl ewig unter seiner Mutter und ganz besonders unter dem Einfluss seiner Großmutter leiden müssen.

Die Gedanken an Stefanie beschäftigten ihn, obwohl er es nicht wollte, und er zwang sich, aufmerksam zu sein, damit er Santiago auf keinen Fall verpasste. Doch auch als Sven sein Glas geleert hatte, war Santiago immer noch nicht aufgetaucht. In seiner Hosentasche vibrierte es. Er holte das Handy heraus und nahm ab.

»Hallo, Schatzi«, flötete er ins Telefon.

»Hey«, sagte Jenny. »Gibt es was Neues bei dir?«

»Nein, der Junge ist nicht aufgetaucht. Ich denke, ich muss mich morgen näher am Haus postieren. Anscheinend nimmt Santiago doch einen anderen Weg.«

»Okay. Bei mir gibt es auch nichts. Unser Auftraggeber wird vermutlich nicht erfreut sein, dass sein Angestellter die ihm aufgetragene Arbeit erledigt. Oder vielleicht doch?« Sie kicherte.

»Was essen wir heute?«, fragte Sven, und sein Magen knurrte wie auf Befehl.

»Du immer mit deinem Essensding. Als ob wir keine anderen Sorgen hätten.«

»Haben wir auch nicht. Also, zumindest im Moment nicht.«

»Ich kann uns ja schnell was kochen, wenn ich zu Hause bin, was meinst du?«

Sven dachte an das letzte Gericht, das sie ihm vorgesetzt hatte. Irgendwelche gelben Körner mit Gemüse oder so.

»Lass uns doch zu Julia essen gehen. Was hältst du davon?«

Jenny lachte und sagte: »Alles klar, der Herr braucht Fleisch. Ich muss Schluss machen, *Señor* Gonzales fährt nun weiter. Bis später.«

Das Gespräch war beendet. Wie konnte sie ihn bloß so schnell durchschauen? Er musste schmunzeln bei dem Gedanken. Die beiden waren seit nicht mal einem Jahr ein Paar, und doch kannte sie ihn besser als er sich selbst.

Seit einer Stunde saß er schon in diesem Restaurant. Er wippte mit dem Fuß und trommelte mit seinen Fingern auf den Oberschenkel. Innerlich verfluchte er sich, dass er hier sitzen musste und nicht wie Jenny zumindest jemanden verfolgen konnte. Allem Anschein nach wollte der junge Mann heute nicht kommen. Somit beschloss Sven, näher an Santiagos Zuhause heranzufahren, um ihn vielleicht dort zu sehen.

25

Minuten später fuhr er auf den geschotterten Parkplatz gegenüber dem Wohnhaus. *Ja, von hier habe ich eine gute Sicht auf das Haus.* Allerdings war auch er für jedermann gut sichtbar und somit auffällig. Er stellte den Roller ab und positionierte sich auf einer der etlichen Stufen, die durch eine Art Barranco auf die gegenüberliegende Straße führten. Es dauerte nicht lange, und er sah einen jungen Mann, der die Straße entlangjoggte. Ein prüfender Blick auf das Display seines Handys verriet Sven, dass es sich hierbei um Santiago handeln musste. Kurz darauf verschwand er im Haus.

Verfickte Scheiße, dachte Sven. *Warum hab ich ihn nicht gesehen? Wo war der Junge bloß?*

7

Marcos – in einem Tag – Freitag, nachmittags

Ein Gong ertönte, wie bei einem Boxkampf. War das Spiel dieses Psychos vorbei? Doch was würde nun passieren? Wie von Geisterhand legte sich ein Tuch um seine Augen und nahm ihm die Sicht auf seine Umgebung. Die Fesseln an seinen Füßen, die an den Stuhlbeinen festgebunden waren, lockerten sich, und der Druck verschwand vollständig. Genauso bei seiner linken Hand, die Sekunden zuvor noch mit Paketband an der Handstütze festgemacht war – fast so als wären beide zu einem Teil zusammengeschmolzen. Zumindest spürte er seine Hand wieder, was ihm fürchterliche Schmerzen bereitete, da nun das Blut in seinen Adern wieder ungehindert fließen konnte.

Wieso machte der Typ das? Warum passierte das alles? *Und vor allem – warum passiert das ausgerechnet mir?*

Mit einem Ruck wurde Marcos an seinem Oberarm vom Stuhl hochgezogen. »Stehen bleiben!«, erklang es in einer tiefen, sonoren Stimmlage. Das war allerdings eine andere Stimme als die, die mit ihm während des Psychospielchens mit dem Schalter gesprochen hatte. Zumindest kam es Marcos so vor, und er überlegte, ob er seinen Peiniger nicht vielleicht sogar kannte. Angestrengt versuchte er, sich zu erinnern. Zu erinnern an ... an ... *Was hab ich gerade gedacht?*, fragte er sich noch, doch sogleich fuhr der Schmerz wie tausend Stecknadeln auf einmal durch seinen Körper. Die Elektroden, über die er zuvor die Stromstöße bekommen hatte, wurden mit einem Ruck von seinem Oberkörper gerissen, und die Stellen brannten wie glühendes Eisen. Marcos zuckte zusammen, und schon erklang die Stimme wieder: »Stell dich nicht so an!«

Hijo de puta[4], fluchte er in Gedanken, und doch versuchte er, es seinem Peiniger recht zu machen. Er biss die Zähne aufeinander und drängte den Schmerz aus seinem Hirn. Wie in einer Endlosschleife kreisten die Gedanken durch seinen Kopf, doch diese verblassten genauso schnell, wie sie gekommen waren. Wie war er an diesen modrig riechenden Ort gelangt? Das Letzte, was er aus seinen Erinnerungen kramte, war der Nachhauseweg von der Schule. Die letzten Meter, die er immer allein ging, weil einer seiner Freunde drei Wohnhäuser weiter vorne wohnte als er. Doch ... was war bloß passiert? Da war der Fotograf gewesen, der den Shootingtermin vorverlegen wollte ... In seinem Kopf dröhnte es wie nach einem Heavy-Metal-Konzert, und Übelkeit kroch seine Speiseröhre empor. Er

4   Hurensohn

28

musste kräftig schlucken, und das Mittagessen aus der Schulkantine floss wieder zurück in seinen Magen.

Warum, verflucht, kann ich mich nicht erinnern?

»Was wollen Sie von mir?«, sprach Marcos, und seine Stimme zitterte. Als Antwort packte ihn eine Hand an seinem Oberarm und zerrte ihn hinaus aus dem Raum. Unter seinen Sohlen knirschte es, als würde er auf Glassplittern laufen. Der modrige Geruch war plötzlich fort, und eine kühle Brise schlug ihm ins Gesicht. Marcos sog die Luft ein, und sie schmeckte salzig. Er musste in der Nähe des Meeres sein. Anscheinend war er weiter weg von seinem Zuhause, als er angenommen hatte. In der Ferne hörte er die Möwen kreischen.

Ein lautes Ächzen, gefolgt von einem leisen Quietschen, drang in seinen Gehörgang. Im selben Moment, als sein Oberarm losgelassen wurde, spürte er den Stoß in seinem Rücken. Er verlor das Gleichgewicht, fiel nach vorne und schlug mit seinem rechten Knie auf dem Betonboden auf. Noch bevor das Schmerzsignal an sein Gehirn weitergeleitet wurde, hörte Marcos ein Klicken. Ein Schlüssel wurde im Schloss umgedreht. Er war gefangen. Weggesperrt. Eingeschlossen. Von einem Psycho, der ihn zu seinem Spielzeug ernannt hatte.

Panik, gepaart mit unbändiger Angst, drang in seinen Körper ein wie zuvor der Strom.

»Du kannst die Augenbinde nun abnehmen«, sagte plötzlich eine Stimme, die sehr nah und doch so fern klang. Marcos nestelte an dem Knoten an seinem Hinterkopf, und einen Augenaufschlag später konnte er kaum fassen, was er sah.

8

Enrique – Donnerstag, nachmittags

»Ihr seid doch alles Idioten!«, schrie Enrique und spuckte noch einige Male auf die Steine, um den salzigen Geschmack in seinem Mund loszuwerden. »Ich wäre um ein Haar ertrunken.«

»Bist du aber nicht. Wir haben dich ja eh rausgezogen. Du hast die Prüfung bestanden.« Marcos wischte eine gegelte schwarze Haarsträhne aus seiner Stirn. Das machte er immer, wenn er nervös war. Schon seit Ewigkeiten waren die beiden so etwas wie Freunde. Seit dem Sandkasten. Doch irgendwann hatte sich Marcos verändert – Freunde fürs Leben gefunden, wie er es nannte. Enrique wollte auch zu dieser ausgewählten Clique dazugehören, die in der Schule bei den anderen Schülern einen hohen Stellenwert besaß. Doch Enrique war nicht wie die anderen Jungs. Sein Körperbau war schlaksig, von Muskeln wie bei Marcos oder Pepé, dem Anführer der Gang, fehlte jede Spur. Und Enriques hellbraune Locken machten seine Situation nicht besser. Noch immer sah er aus wie ein Kind. Nicht wie ein Teenager mit dem ersten Barthaar im Gesicht. Er war nur ein

Durchschnittsjunge, wenn überhaupt Durchschnitt.

»Super.« Es war das einzige Wort, das er über seine Lippen brachte. Denn *»Ich scheiß auf eure Clique, wenn ihr mich dafür halb umbringt!«* hätte ihn schlussendlich auch nicht weitergebracht. Das war der Gedankengang, der ihm durchs Hirn huschte, aber nicht aus seiner Kehle drang. Doch es war wie immer bei Enrique. Er traute sich nicht, gegen die Jungs, die um einiges stärker waren als er, etwas zu sagen. Noch vor wenigen Minuten wollte er unbedingt dazugehören, nichts sehnlicher hatte er sich gewünscht. Doch nun ... ja, nun war er sich nicht mehr so sicher. Wie weit würden sie noch gehen mit ihren Aufnahmeritualen? War es wirklich zu Ende, oder ließen sie sich erneut etwas Grausames einfallen?

»Sorry«, sagte Santiago, der sich vor ihm aufgebaut hatte. Von seiner Kleidung rann das Wasser, und sein Gesicht war hochrot. »Wir hatten ... das Seil ist gerissen.« Er streckte ihm die Hand entgegen, um ihm aufzuhelfen. Doch Enrique schlug sie weg.

Was will der denn von mir? Erst seit Kurzem hier dabei und spielt sich auf, als wäre er der Anführer. Nicht mal eine Aufnahmeprüfung hat er machen müssen.

»Chupa me, puto[5]«, spie er ihm entgegen und raffte sich auf. Zwar waren seine Knie noch

5   Leck mich, du Wichser.

weich wie Butter, als er endlich stand, aber er wollte stark sein. Er wollte es den anderen beweisen, dass sie ihm nichts anhaben konnten.

»*Mi amigo*[6]«, sagte Marcos und legte freundschaftlich den Arm um Enriques Schultern. »Ich bring dich nach Hause. Du bist ganz blass um die Nase. Du hast genug für heute.«

6   mein Freund

9

In einem Tag – Freitag,
nachmittags/abends

Es war wie Musik in meinen Ohren, als ich die beiden Jungs miteinander sprechen hörte. Wie sie sich ihr Leid klagten. Tolles Schauspiel, das mir eine Gänsehaut bescherte und meinen Adrenalinspiegel in die Höhe schießen ließ.

Allein die dunkelroten Flecken, die auf dem Oberkörper des Jungen, den ich in sein neues Zuhause gebracht hatte, zu sehen gewesen waren, beflügelten meine Fantasie. Diese unglaubliche Macht, die ich hatte – ich war Gott. Sein Gott!

Hatte ich den Drang, jemandem wehzutun, schon immer verspürt? Ständig drängte sich mir diese Frage auf, wenn auch nur als kleiner Wassertropfen, welcher das Buschfeuer, das in mir loderte, niemals löschen konnte. Und ja, es war schon immer da gewesen. Anfangs war es ein Gedanke, nur ein Wunsch, der von Tag zu Tag wuchs, der sich ungehindert ausbreitete. Die Filme, die ich schon mit zwölf sah, wenn mein Vater wieder mal zum Nachtdienst war, verschlang ich förmlich. Jahrelang nährte ich mich davon, zuzusehen, wie Menschen abgeschlachtet wurden. Wie das Blut spritzte. Wie der letzte Atemzug sich langsam aus den malträtierten Körpern presste wie der Saft aus einer Zitrone.

Manches Mal überlegte ich mir, wenn mich einer meiner Mitschüler geärgert hatte, wie es denn wohl wäre ... Doch den Mut dazu brachte ich nicht auf. Damals war ich noch ein Hosenschisser und ertrug lieber die Schläge der größeren Jungs, als dass ich mich gewehrt hätte.

Ich saugte ein Buch nach dem anderen in mich auf, über Psychopathen und Mörder, die ihre Opfer tage- oder sogar wochenlang quälten, bevor sie sie regelrecht zerfetzten und zerstückelten. Einige fanden sich sogar als Mahlzeit auf einem Teller wieder. Allesamt hatten eines gemeinsam. Ihre ersten Opfer waren Tiere gewesen, die misshandelt und getötet wurden. Übung machte bekanntlich den Meister. Doch diesen Drang hatte ich nie. Wie hätte ich der Katze, die gerade mal drei Monate alt war, etwas antun können? Sie hatte sich liebevoll an mich geschmiegt, und ich spürte das Vertrauen, das sie mir entgegenbrachte. Ich streichelte ihr über das Fell, und sie genoss es, denn sie streckte mir ihr kleines Köpfchen entgegen und schnurrte. *Nein, ich bin kein Psychopath. Ich bin einfach nur anders als andere. Besser!*

Doch dauerte es bis zu meinem vierzehnten Geburtstag – vielleicht war es auch der Mumm, der mir gefehlt hatte –, bis auch ich endlich dem Tod, den ich selbst verursacht hatte, ins Auge sehen konnte. Bis ich den Blick sah, der nur mehr ins Leere ging.

Ja, ich hatte das Kopfkissen genommen und dieses auf das Gesicht des alten Mannes gepresst. Sein Leben war sowieso schon lange vorbei gewesen. Wer brauchte diese arme Seele überhaupt noch, die nur im Bett dahinvegetierte? Seine dünnen, ausgemergelten Arme versuchten noch, mich wegzudrängen, doch ich war ihm kräftemäßig weit überlegen. »Mein Sohn«, drangen seine Worte in meinen Gehörgang, und ich kniete mich auf seinen Brustkorb, bis auch der letzte Milliliter Luft aus ihm herausgepresst war. Er musste sterben, das ultimative Level war für ihn erreicht. Auch ich wollte endlich eine Stufe höher steigen.

Und doch bereute ich die Tat. Nicht seinen Tod, sondern die Wahl meines Mordwerkzeuges. Hätte ich ihm besser einen durchsichtigen Plastiksack über den Kopf gezogen. Dann hätte ich meinen ersten Mord um vieles mehr genossen. Aber es war wie bei allem im Leben. Man lernte immer nur aus seinen eigenen Fehlern. Und nun schien ich den perfekten Plan zu haben und kostete jede Sekunde davon aus.

Ich holte mir das Handy des Jungen aus seinem Rucksack. Das Muster für die Displaysperre hatte ich aus ihm herausgequetscht.

Schnell suchte ich nach dem Chat mit ›Mama‹ in seinem Telefon. Die letzten Nachrichten scrollte ich durch, um seinen Stil zu erkennen.

Ich begann zu tippen. ›*Ich schlafe heute bei Pepé. Komme erst morgen am Abend. Un beso*[7].‹ Ich kontrollierte nochmals den Wortlaut mit einer Nachricht von vor wenigen Tagen.

»Mami«, sagte ich und drückte auf ›*Senden*‹. »Du sollst dir ja keine Sorgen um ihn machen. Er ist in guten Händen. Nämlich in meinen.« Ein Grinsen huschte mir über die Lippen, und ein wohlig warmer Schauer durchflutete mich. Dann schritt ich auf die Plattform hinaus und sog die frische Meeresluft ein. Ich schaute auf das Display, die beiden Haken waren grau. *Mami hat die Nachricht noch nicht gelesen,* dachte ich und schmiss das Handy in hohem Bogen von mir fort. Es tauchte ins Wasser ein, und kleine Kreise bildeten sich, die von einer Welle verschluckt wurden.

7   Ein Kuss

10

Jenny und Sven – Donnerstag, abends

Sven lehnte sich auf seinem Stuhl zurück und legte seine Hände wie eine schwangere Frau auf den Bauch. Er hatte soeben dreihundert Gramm Fleisch verdrückt, dazu noch die *papas fritas*. Sein Teller war wie leer gefegt. Natürlich bis auf den Salat, der seiner Meinung nach nur als Garnitur zum Anrichten diente. »Boah, das war echt spitzenmäßig. Ich liebe ja Julias Küche.«

Jenny hingegen kämpfte mit dem Tagesfisch, der zwar filetiert an den Tisch gekommen war, doch für sie eine zu große Portion darstellte. Schon nach wenigen Bissen hatte sie das erste Mal geschnauft. »Der Cherne ist hervorragend, aber viel zu viel für mich. Magst du noch?«, sagte sie und hob ihm den Teller entgegen.

Nur ganz kurz überlegte Sven, nahm ihn ihr dann doch ab und schaufelte den Fisch in sich hinein, als hätte er seit Tagen nichts mehr gegessen.

»Wahnsinn, was du alles essen kannst«, sagte Jenny schmunzelnd und schaute auf die kleine Wölbung, die sich unter Svens T-Shirt abzeichnete. Sven ließ die Gabel sinken und zog ungläubig seine rechte Augenbraue nach oben.

»Ernsthaft? Zuerst bietest du mir dein Essen an, das du nicht mehr essen willst, und dann behauptest du, dass ich dick werde?« Sven streckte seinen Bauch heraus, sodass eine richtige Kugel nach außen hin sichtbar war, und streichelte darüber.

»Nein, Schatz. So war das doch gar nicht gemeint. Ich meinte ja nur ... dass ich mal wieder gerne Rad fahren möchte.« Jenny zwinkerte ihm zu.

»Du bist ein echtes Biest, weißt du das?«, sagte Sven und griff wieder zur Gabel. »Dann kann ich ja noch ein wenig essen. Schließlich muss ich mein Kampfgewicht halten.«

»Sag mal, was anderes. Was ist denn nun bei dem Jungen rausgekommen, den du observieren solltest?«

»Als ich beim Haus von Meli war, dauerte es keine fünf Minuten, und ich sah ihn vorbeijoggen. Ich verstehe nicht, wo er war. An der Promenade auf jeden Fall nicht. Morgen werde ich mich an seine Fersen heften, direkt von der Schule aus.«

»Okay, morgen hab ich ja noch den Auftrag, *Señor* Gonzales zu verfolgen. Dann muss ich eh den Bericht schreiben. Übermorgen kann ich dir dann helfen.«

Svens Handy gab einen Ton von sich, und er griff in seine Hosentasche, um es hervorzuholen. Nie wieder würde er es einfach so auf dem Tisch liegen lassen. Das war ihm einmal zum Verhängnis geworden. Seitdem ihm ein Täter mittels einer harmlos erscheinenden E-Mail eine Abhörsoftware aufs Handy gespielt hatte, war Sven sehr vorsichtig geworden. Nach wenigen Momenten sagte er: »Das ist eine WhatsApp-Nachricht von Meli. Santiago ist mit seinem Fahrrad fortgefahren, noch keine Minute her. Angeblich wollte er zum Strand, eine Runde schwimmen.« Sofort sah Sven zum Strand hinunter, der nur wenige Meter unterhalb des Restaurants lag. »Zwei Möglichkeiten: entweder der Stadtstrand hier oder der drüben beim Hafen. Wir müssen uns aufteilen. Schnell! Ich zahle, du fährst zum anderen Strand.« Noch während er sprach, sprang er auf, rannte zur Kellnerin und bezahlte in Windeseile. Jenny war keine Minute später aus seinem Sichtfeld verschwunden. *Hoffentlich erwischen wir ihn!*

Sven hastete die Strandpromenade entlang, blieb mehrmals stehen und versuchte, den jungen Mann auf dem Fahrrad auszumachen. Doch er konnte ihn nicht entdecken. Nach knapp zehn Minuten rief er Jenny auf dem Handy an.

»Hast du ihn?«, fragte er ohne ein Wort der Begrüßung. Wieder blickte er die Straße hinauf. Aus dieser Richtung musste Santiago kommen, wenn er hierher wollte. Doch er hätte längst hier sein müssen.

»Nein, hier ist er nicht.«

»Verdammte Sch... Schmetterling. Wo zur Hölle ist der Junge? Das kann doch wohl nicht sein, dass der Katz und Maus mit uns spielt.«

»Ich gehe hier nochmals alles ab. Kommst du zu mir?«

»Zu Fuß? Weißt du, wie weit das ist?«, sagte Sven entrüstet und glaubte, sich verhört zu haben.

»Die paar Schritte werden dir guttun, mein Schatz.«

Sven wollte etwas erwidern, doch Jenny hatte das Gespräch beendet. Er machte sich auf den Weg entlang der Promenade, und da fiel ihm diese Nachricht von Stefanie wieder ein. Ging es wirklich nur um das leidige Thema Geld? Wie oft hatte er ihr schon aus der Patsche geholfen? Wie oft hatte sie ihm versprochen, das Geld zurückzuzahlen, das er ihr geborgt hatte? Und wie oft hatte sie ihr Versprechen gebrochen?

Nein, ich werde dir auf keinen Fall wieder Geld schicken, schwor er sich im Geiste. *Ich hab schon genug für dich getan.*

11

Vor 31 Jahren

Mit vor Stolz geschwellter Brust stand ich neben
Onkel John und beobachtete, was in dem Raum
nebenan passierte. Ich war nur Zuschauer, der
einzige Zuschauer eines Rituals, das die ganze
Welt zu kennen schien und das doch ein gut
gehütetes Geheimnis war. Und dennoch war es
so anders als in den Filmen, die ich gesehen
hatte. Es floss kein Blut, keine Extremitäten
wurden abgetrennt, keine Wunden wurden
zugefügt. Schließlich musste der Junge
unbeschadet sein. Nur ein leises Summen, das
regelmäßig erklang, durchbrach die dunkle
Nacht.

Wieder schrie der Junge, und ich fragte mich,
warum er schrie. Ich verstand nicht, wieso er
sich nicht freute auf die gute Tat, die er bald
vollbringen würde. Vor wenigen Stunden noch
hatten wir gemeinsam auf der Lauer gelegen,
Onkel John und ich. Und es war ein Leichtes
gewesen, den richtigen Jungen auszusuchen,
zumindest dachte ich das noch vor Kurzem.
Schließlich kannte ich ihn, und nur durch sein
Verhalten, das er mir und meinen anderen
Klassenkameraden präsentierte, war er
überhaupt auf meine Liste der Auserwählten
gekommen.

Doch jetzt, in diesem Moment, war ich mir nicht mehr sicher, ob meine Wahl die richtige war. Der Junge heulte wie ein kleines Mädchen im Kindergarten, und ständig fragte er nach seiner Mutter. Sein ganzes Gesicht war rotzverschmiert, sein T-Shirt klebte schweißgetränkt auf seiner Haut. Binnen weniger Stunden hatte sich seine komplette Ausstrahlung geändert. Vom coolen Typen, der die Jüngeren in der Schule abzockte und drangsalierte und immer einen lässigen Spruch auf den Lippen hatte, zu einem jämmerlichen Häufchen Elend, das sich soeben vor Angst in die Hose gepisst hatte.

»Bist du dir sicher, dass der Junge stark genug ist?«, fragte ich Onkel John, und meine Hände zitterten. Ich war tatsächlich aufgeregt, und jede Sekunde, die er brauchte, um mir zu antworten, spürte ich das Flattern in meinem Magen mehr. Es war wie ein nervöses Flügelschlagen von Tausenden von Schmetterlingen, die aus mir herauswollten.

»Ja, du hast die richtige Wahl getroffen. Ich bin stolz auf dich.«

Ich bin stolz auf dich, hallte es wie ein Echo durch mein Gehirn.

12

In acht Stunden – Freitag, abends

»Jetzt spring endlich«, hauchte ich ins Mikrofon und hatte meine helle Freude daran, was ich auf dem Monitor zu sehen bekam. Die Aufgabe an sich war sehr simpel. Wenn da nicht ein kleiner Haken dabei wäre.

Über die grüne Linie, die mitten in seinem neuen Zuhause auf Zeit auf dem Boden aufgemalt war, sollte er hüpfen. Doch bestimmte ich die Regeln. Im Takt der Musik von Justin Timberlake. *Can't stop the feeling* klang aus dem Lautsprecher, und ich summte leise mit. Mit meinem Zeigefinger wippte ich im Takt mit. Marcos war zu Beginn noch voller Energie gewesen und hatte diese Aufgabe mit Leichtigkeit bewältigt, doch mittlerweile wiederholte sich das Lied zum fünften Mal, und seine Kräfte ließen langsam nach. *Was für ein Weichei! So stark habe ich ihn doch gar nicht unter Drogen gesetzt, dass er so schnell ermüdet.* In seinem Alter hatte ich nur Sport im Sinn gehabt, da hätte mir so eine kleine Fitnesseinlage nichts ausgemacht. Aber die Jugend von heute war da anders. Die hatte nur mehr Internet und Gaming im Kopf.

Während ich mir dieses Trauerspiel ansah, das Marcos vollführte, dachte ich an Elios.

Wehmütig erinnerte ich mich an die netten Stunden, die ich mit ihm verbracht hatte. Damals vor mehr als zwanzig Jahren auf Santorin. Die schönste der griechischen Inseln. Er war ein richtiger Kerl, obwohl er erst zwölf Jahre alt gewesen war. Er wollte raus aus seinem Gefängnis, er hatte richtig Biss. Und doch glaubte er mir, was ich ihm versprach. Er war ein wenig naiv, doch imponierte mir sein Überlebenswille. Eine ganze Stunde lang sprang er hin und her. Federleicht über den grünen Strich. Ich hatte das Gefühl, dass es für Elios eher ein Training war als eine Art der Bestrafung. Tja, da musste ich schon einiges mehr auffahren, um ihn kleinzukriegen.

Ein Schmunzeln war mir über die Lippen gezogen, als er mich angespuckt hatte, sozusagen als letzten Gruß, bevor er innerlich verbrannte. Seine braunen Haare klebten an seiner Stirn, der Angstschweiß lief über sein Gesicht, und doch trat kein einziges Jammern über seine Lippen. Er nahm seinen Tod einfach so hin, und um nichts auf der Welt wollte er mir die Freude bereiten, seinen Schmerz zu zeigen. *Welch tapferer kleiner Kerl!* Wie gern hätte ich ihn noch behalten, doch es war Zeit gewesen, ihn gehen zu lassen. Schließlich war der Drang, ihn zu töten, stärker als das in mir aufflammende Gefühl, seinen Willen brechen zu wollen. Er würde ewig etwas Besonderes für mich bleiben, war er doch meine erste selbstverdiente Drachme.

Die Hoffnung, dass ich einen ebenbürtigen Gegner bekäme, hatte ich bei Marcos schon in dem Moment aufgegeben, als er das erste Mal den Schalter umgelegt hatte. *Schwächling.* Ich hatte mir mehr von ihm erwartet. Trat er doch als unnahbar und großkotzig auf. Dabei hatte er sich wie ein kleines Kind beim ersten Stromstoß die Hosen vollgemacht. Trotz allem, was mir so durch den Kopf geisterte, schlängelte sich die Begierde nach dem Duft des Todes wie eine Schlange in mir empor.

»Willst du hier raus, Marcos? Dann spring. Spring um dein Leben!«, sagte ich ins Mikrofon, und im selben Moment sah ich, wie er seine verloren geglaubten Kräfte mobilisierte und hektisch über den grünen Strich sprang. Ich sah dem Treiben zu, doch fragte ich mich ernsthaft, ob er meinen Worten wirklich Glauben schenkte. Dachte er, ich würde ihn einfach gehen lassen? Er sollte es doch besser wissen, denn wenn man das Gesicht seines Peinigers gesehen hatte, dann wusste man doch, dass es nur einen Ausweg gab. Und das war der sichere Tod.

13

Enrique – Freitag, mittags

»Wollen wir dann nachher gemeinsam etwas machen?«, fragte Enrique. Er hatte im Schulhof auf Marcos gewartet. Die Sonne brannte erbarmungslos vom Himmel herunter, und die ersten Schweißtropfen bildeten sich auf seiner Stirn. Lässig – wie immer halt – hing der Riemen des Schulranzens auf Marcos' Schulter. Er fuhr sich mit gespreizten Fingern durch sein schwarzes Haar. Eine furchtbare Angewohnheit, fand Enrique, doch sagte nichts dazu.

»Nee, heute kann ich nicht. Ich muss zu einem Termin, und dann gehe ich zu unserem Treffpunkt zu den Jungs.«

»Termin? Du hast einen Termin?«, fragte Enrique.

»Ja«, sagte Marcos, und er hob sein Kinn ein wenig weiter nach oben. Fast schon hochnäsig blickte er auf Enrique herab. »Ich hab heut ein Fotoshooting.«

Zuerst lachte Enrique noch, doch anhand Marcos' Mimik merkte er, dass es tatsächlich ernst gemeint war. »Echt? Cool! Kann ich mitkommen?«

»Pah!«, sagte Marcos abfällig und musterte ihn von oben bis unten. »Was willst du denn dort? Das ist nur was für echte Profis. Nicht für so Freaks wie dich.«

Ein loderndes Feuer wurde in Enrique entfacht, und er kämpfte gegen die Tränen an. *Was bildet sich dieses Arschloch ein? Was glaubt der denn, wer er ist?*

»Vergiss es einfach. Du bist zu einem großen Scheißkerl mutiert in letzter Zeit. Verschwinde aus meinem Leben. Sprich mich nie wieder an, klar? Ich wünschte, du wärst tot.« Mit diesen Worten wandte sich Enrique ab. Als er sich nur wenige Schritte von ihm entfernt hatte, hörte er ein lautes Lachen hinter sich. Er drehte sich um. Und da standen die aufgeblasenen Jungs, deren IQ gerade mal ausreichte, um nicht wie ein Huhn in den Garten zu scheißen. Enrique ballte seine Hände zu Fäusten, als er sah, dass Marcos in seine Richtung zeigte und wieder laut lachte. Die anderen stimmten mit ein.

In Gedanken schrie er sämtliche Schimpfwörter, die er kannte, und machte sich auf den Weg nach Hause. *Die können mir alle gestohlen bleiben. Die haben doch den Schuss nicht gehört, diese eingebildeten Trottel.* Er kickte die Steine weg, die auf dem Gehweg lagen. Noch immer kämpfte er mit den Tränen, die er schnell mit seinem Handrücken wegwischte. Schließlich sollte niemand sehen, wie hart Marcos' Worte ihn getroffen hatten.

14

Sven und Jenny – Freitag, mittags

Sven hatte sich diesmal mit seinem Roller direkt vor dem Schulgebäude positioniert. Nochmals entkam ihm Santiago mit Sicherheit nicht. Gestern Abend hatten Jenny und er die beiden Strände abgesucht. Doch nirgends hatten sie ihn gefunden. Er war wie vom Erdboden verschluckt gewesen. Als die beiden vom großen Parkplatz an der Playa de Arguineguín fahren wollten, hatten sie am Campingplatz, der direkt dort anschloss, einen Jugendlichen auf einem Fahrrad gesehen. Blitzschnell hatte Sven reagiert. Trotz der einsetzenden Dämmerung erkannte er Santiago eindeutig. Sein blondes Haar schimmerte im Licht der Straßenlaterne. Natürlich nahmen sie sofort die Verfolgung auf, doch Santiago war schnurstracks nach Hause gefahren. Wo auch immer er gewesen war, konnten Jenny und Sven nicht mehr feststellen. Vielleicht auf dem Fußballplatz, der direkt neben dem Campingplatz lag, oder am nahen Zementwerk. Auch die Bananenfelder kamen in Betracht. Doch das waren alles nur Spekulationen.

Soeben trat eine Gruppe Teenager aus dem Schulgebäude. Mitten unter ihnen war Santiago. Der Junge war leicht auszumachen unter den sonst meist dunkelhaarigen jungen Männern. Vermutlich war bei Santiago das Erbgut seines Vaters durchgeschlagen, der ja, wie Meli gesagt hatte, Österreicher war.

Sven verfolgte die Jugendlichen, die zu Fuß unterwegs waren. Zwei bogen nach kurzer Zeit nach links ab. Vermutlich wohnten die beiden in einem der Wohnblöcke, die gegenüber der Schule standen.

Nach etlichen Minuten war von der ursprünglich großen Gruppe nur noch eine Handvoll Jugendlicher übrig. Die Jungs spazierten über den Kreisverkehr an der Hauptstraße, wechselten dann die Seite und bogen bei dem Eissalon links ab. Sven war froh, dass er den Roller hatte und nicht wie ursprünglich geplant das Auto. Denn der Roller war wendig, und er konnte – zwar mit großem Abstand – die Jugendlichen verfolgen, ohne aufzufallen. Nun fuhr auch Sven links in die Seitengasse hinein. Es war genau der Weg, den Santiago gestern gekommen war. *Wo wollen die bloß hin?*

Minuten später stellte er den Roller am Campingplatz ab und beschloss, die Verfolgung zu Fuß fortzusetzen. Er sah die Jugendlichen den staubigen Weg am Strand entlanggehen. Gleich würden sie an der Mauer vom Fußballplatz ankommen.

Sven rannte quer über den Platz und lugte hinter der Mauer hervor. Er überlegte, wo dieser Weg hinführte. Wollten die zum alten

50

Zementwerk? Jungs in diesem Alter suchten sich ja immer abgelegene Plätze, um ungestört unter sich sein zu können. Da bot sich die alte Fabrik geradezu an. Die Truppe bog um die nächste Ecke, und Sven marschierte los. Er holte sein Handy heraus und rief Jenny an.

»Hey«, sagte er, als sie sich meldete. »Ich hab mich nun an Santiagos Fersen geheftet. Bin mal gespannt, wo mich diese Reise hinführt.«

»Wo bist du denn? Ich komm zu dir.«

»Nein, ja nicht. Fahr du ins Büro zurück und schreib deinen Bericht. Wir treffen uns dann später zu Hause, ja?«

»Pass nur auf, dass du ihn nicht verlierst«, sagte Jenny, und er stellte sich vor, wie sie lächelte.

»Jaja, schon gut. Ich denke, die Jungs wollen zur alten Zementfabrik in El Pajar. Aber ich schick dir dann meinen Standort, okay?«

»Pass auf dich auf«, sagte Jenny noch, bevor sie auflegte.

Er hatte nun die nächste Ecke erreicht, und die Jugendlichen schlenderten den Schotterweg entlang. Hin und wieder schubste einer den anderen, dann lachten und grölten sie. Teenager halt. Sie kamen an der großen Baustelle vorbei, wo direkt am Meer eine Wellnessanlage aus dem Boden gestampft wurde. Sven hatte sich schon gefragt, warum man hier in dem kleinen Ort so eine Anlage für Touristen baute. Aber seitdem feststand, dass der Pachtvertrag der Zementfabrik, die immerhin schon seit mehr als sechzig Jahren an diesem Fleck stand, nicht verlängert wurde, wollte man dort einen privaten Jachthafen errichten. Klar, Touristen brachten mehr Geld als die Fabrik. Und für Touristen brauchte man auch Hotels und Ferienanlagen. Dass durch die Erteilung dieser Baugenehmigung viele Menschen, die hier wohnten, ihre Jobs verloren oder auch ihren Wohnsitz, war völlige Nebensache. Sven hatte die Diskussionen um die Fabrik und den Jachthafen nur am Rande in einer der etlichen Gran-Canaria-Gruppen auf Facebook verfolgt. Es war so wie immer. Es gab Befürworter, es gab diejenigen, die sich dagegen aussprachen, und diejenigen, die einfach den Mund hielten. Sven war von der letzten Gruppe, auch wenn er sich damals nur schwer beherrschen konnte, nichts dazuzuschreiben, als die Befürworter meinten, dass die ehemaligen Angestellten ja sicher in der Anlage als Kellner oder dergleichen einen Job finden würden.

Er schüttelte den Kopf, um sich wieder auf seine Aufgabe zu konzentrieren. Die Gruppe verschwand an der rechten Seite des Zaunes, der die Fabrik umgab. *Hab ich es mir doch gedacht!*

Er musste nun schnell laufen, denn von seinem Standpunkt aus hatte er keine gute Sicht mehr auf die Gruppe. Er blieb kurz nach der Mauer um den Fußballplatz stehen und suchte Schutz hinter einem dort liegenden Felsen, da sich vor ihm eine freie Fläche erstreckte und es keine Möglichkeit gab, sich zu verstecken, falls einer der Jungs sich umdrehte. Außer Atem kam er am Zaun an und hoffte inständig, dass er Santiago nicht verloren hatte und vielleicht noch sah, durch welches Loch im Zaun die Truppe schlüpfte. Doch die Jungs wollten nicht auf das Fabrikgelände, sie hatten es sich unweit davon auf den Steinen gemütlich gemacht.

Aha, da warst du also gestern, schoss es Sven durch den Kopf. *Natürlich. Du hast deine Mutter angelogen, damit du dich ungestört mit deinen Freunden treffen kannst. Vermutlich warst du auch hier, als du angeblich auf der Promenade gejoggt hast.*

15

Enrique – Freitag, abends

Mit voller Wucht donnerte Enriques Faust auf den Schreibtisch in seinem Zimmer. Während der letzten Stunden hatte er an nichts anderes denken können als an Marcos' Worte. *Was willst du denn dort? Das ist nur was für echte Profis. Nicht für so Freaks wie dich.*

Er konnte sich nicht auf seine Hausaufgaben konzentrieren, auch mit Fernsehen hatte er es versucht, doch alles half nichts. Die Worte steckten in seinem Inneren fest wie Excalibur im Stein.

»Mamá, ich geh noch mal raus, okay?«, sagte er noch, bevor er die Haustür hinter sich zuzog.

Er lebte mit seiner Mutter und seinem vier Jahre jüngeren Bruder in einer kleinen Wohnung im dritten Stock. Marcos wohnte nur zwei Blöcke von ihm entfernt. Nah genug, um seinem Ärger Luft zu machen. Was glaubte der Kerl eigentlich? Dass er auf einmal – von heute auf morgen – in der Elitetruppe der Schule aufgenommen worden war und seine Vergangenheit, seine Freunde, Enrique einfach aus seinem Leben verbannen konnte? Wie oft hatte Enrique sein Frühstück mit ihm geteilt? Wie oft hatte er Marcos bei sich übernachten lassen, weil er es nicht mehr zu Hause aushielt?

Und das war nun der Dank dafür? Nein, nein, nein. Enrique schüttelte den Kopf bei diesem Gedanken. Das konnte und wollte er einfach nicht auf sich sitzen lassen.

Wütend stapfte er die Straße entlang, die Sonne schickte ihre letzten Strahlen in einem Orangerot in den Himmel. Die Hitze schien stehen geblieben zu sein, zumindest zwischen den Wohnblöcken, denn der kurze Weg machte Enrique zu schaffen und er keuchte. Vielleicht war es auch das lodernde Feuer des Zorns, das in ihm aufstieg. So musste es sein, denn er lebte hier seit seiner Geburt und bisher hatten ihn die hohen Temperaturen nie etwas ausgemacht.

Er erreichte Marcos' Wohnblock und klingelte. Sogar mit verbundenen Augen hätte er den richtigen Knopf gedrückt. Diese Erkenntnis ärgerte ihn noch mehr, und er ballte seine Hände zu Fäusten.

»¿Sí?«, drang eine Kinderstimme aus dem Lautsprecher.

»Ist Marcos da?«

»No«, sagte Magdalena, die kleine Schwester von Marcos.

Enrique seufzte, bevor er weitersprach. *Musste man den kleinen Kindern alles aus der Nase ziehen?* »Wann kommt er nach Hause?«

»No sé«, sagte sie, und das Knacksen in der Leitung verriet ihm, dass sie den Hörer in die Gegensprechanlage eingehängt hatte.

8   Ich weiß nicht

Enrique trat gegen die Hausmauer. Was ein Fehler war, wie er nur einen Augenaufschlag später feststellte, denn er hatte sich seinen großen Zeh schmerzhaft geprellt. Eins zu null für die Mauer.

»*Joder*[9]«, fluchte er laut.

Das kann doch einfach alles nicht wahr sein. Jetzt hab ich schon den Mut aufgebracht, hierherzukommen. Und dann muss ich mich von einer Fünfjährigen abwimmeln lassen. Bin ich für alle nur der Fußabtreter?

9   Scheiße

16

Marcos – in drei Stunden, Freitag, nachts

»Pst«, flüsterte Marcos zu dem kleinen Gitter hinauf, das ihn von dem anderen Zimmer trennte. Seine Zunge klebte förmlich am Gaumen fest. Es musste Stunden her sein, dass er etwas getrunken hatte. Der Mond schien hell durch die geöffnete Dachluke in den Raum. Er lauschte für einen Moment, doch abgesehen von dem Rauschen der Wellen, die sich ganz in der Nähe an den Felsen brachen, hörte er nichts.

»He«, sprach er etwas lauter. Doch auch diesmal keine Erwiderung. Schlief der so tief und fest? Oder war er unter Drogen gesetzt worden? Aber warum Marcos nicht? Er war hellwach. Tausende von Gedanken fielen über ihn her wie ein Rudel hungriger Wölfe.

Noch bevor die Dunkelheit angebrochen war, hatte er sein Gefängnis inspiziert. Doch außer der Dachluke, die für ihn unerreichbar war, würde sich nur die Stahltür für einen Ausbruch eignen. Der Raum maß vier mal sechs Schritte. Die Wände waren kahl und grau, und bis auf eine Wolldecke am Boden befand sich nichts darin.

»¿Amigo?«, rief er dem anderen Jungen zu. »Bist du wach?« Ein Knacksen, gefolgt von einem langen Pfeifton, veranlasste Marcos dazu, sich seine Zeigefinger in die Ohren zu stecken. Der Ton war extrem schrill, und er befürchtete, dass es nur noch Bruchteile von Sekunden dauern würde, bis es ihm das Trommelfell zerfetzte. So schnell er konnte, setzte er sich auf die Decke und schob seinen Kopf zwischen seine angezogenen Beine. Er hoffte, dass so der Ton erträglicher wurde. Doch es half nichts. Wie Hammerschläge fühlte sich der Schmerz an. Mit der Intensität einer Abrissbirne.

Und genau in diesem Moment, in dem Marcos dachte, dass er es keine Sekunde länger aushalten würde, erstarb das Pfeifen mit einem Mal. Im ersten Augenblick konnte er es kaum glauben und lugte vorsichtig zwischen seinen Knien in die Höhe. Mit den Fingern hielt er sich nach wie vor die Ohren zu. Sicher war sicher.

»Leg dich hin und sei still. Halte dich an die Regeln«, ertönte es aus dem Lautsprecher. Marcos folgte der Anweisung. Sein ganzer Körper zitterte. Er hörte das Blut in seinen Ohren rauschen. *Welche Regeln?*

Plötzlich riss jemand die Tür auf, und Marcos fuhr hoch. Doch so schnell wie die Tür geöffnet wurde, so schnell hörte er auch wieder die Bolzen, die sie verriegelten. Verdattert blickte er sich um und sah auf dem Boden eine Wasserflasche, die wie von Geisterhand auf ihn zurollte. Hastig griff er danach und trank einen kräftigen Schluck.

Zu spät erkannte er, was der Mann vorhatte. Viel zu spät, um seinen eigenen Fehler

58

ungeschehen zu machen. Die Müdigkeit setzte schlagartig ein und zwang Marcos einen traumlosen Schlaf auf. Sein letzter Gedanke galt seiner Mutter. *Mamá, te quiero*[10].

<hr />

10   Mama, ich liebe dich.

17

Sven und Jenny – Freitag, abends/nachts

»Ja, er ist wieder zu Hause angekommen«, sagte Sven. Meli hatte ihn soeben angerufen. Sie steckte noch im Stau fest und erreichte Santiago telefonisch nicht. »Soll ich nochmals hinfahren? Ich bin in der Nähe.« Sven nahm sein Fernglas zur Hand und stellte sich in den kleinen Garten vor seinem Haus. Das zweigeschossige Gebäude stand inmitten einer Gemeinschaft aus zwanzig anderen Häusern. Der Blick über den ganzen Ort und die Weite des Meeres hatten Jenny und ihn sofort beeindruckt. Er hielt mit der linken Hand sein Handy ans Ohr, und mit der rechten hob er das Fernglas vor seine Augen. Von hier aus konnte er einen Teil von Melis Haus sehen. Doch er ließ das Fernglas sogleich wieder sinken. »Okay«, sagte er noch und legte auf.

»Soll ich mitkommen?«, fragte Jenny und schaute zu ihm auf. Während er telefoniert hatte, hatte sie am Esstisch auf der kleinen Terrasse Platz genommen.

»Nein, sie meinte, sie ist gleich da.« Er seufzte. »Weißt du, Santiago ist wie jeder andere Teenager. Heute am Meer haben die Jungs Bier getrunken und geraucht. Alles, was eben verboten ist in diesem Alter. Das wird er seiner Mutter nicht erzählen.«

»Stimmt. Trotzdem ist es unser Auftrag, ihm zu folgen. Morgen ist Samstag. Positionierst du dich gleich in der Früh vor dem Haus, oder müssen wir auf ein Zeichen von Meli warten?«

»Ich warte auf niemanden. Dann entwischt er mir vielleicht. Das wäre ja noch schöner. Ich steh dort ab sieben in der Früh. Kein normaler Teenager steht frühmorgens auf, wenn er frei hat. Somit habe ich gute Chancen.«

Plötzlich ertönten Sirenen im Ort. Sven zückte wieder sein Fernglas und suchte nach dem Blaulicht. Direkt gegenüber der Schule fand er es schlussendlich auch. Es blitzte in der Dunkelheit zwischen den Wohnblöcken.

»Was ist denn da schon wieder los?«, entfuhr es ihm.

18

Enrique – Freitag, abends/nachts

Was ist das für ein Tumult da draußen?, dachte Enrique und schaute aus dem Fenster. Gleich zwei Polizeiautos standen vor Marcos' Wohnblock, und das Blaulicht erhellte die Umgebung. Und dann sah er sie. Die Mutter von Marcos, die nervös mit ihren Händen in der Luft herumfuchtelte. Ständig wischte sie sich über die Augen. Neben ihr stand Magdalena.

Sein Herz machte einen Satz bei diesem Anblick. War Marcos etwas passiert? Das schlechte Gewissen nahm sofort überhand, und er dachte an die letzten Worte, die er ihm heute buchstäblich entgegengespuckt hatte: *Ich wünschte, du wärst tot!* Allein der Gedanke daran ließ das Blut in seinen Adern gefrieren. *Nein, nein. Das kann nicht sein.* Marcos war nichts zugestoßen. Niemals. Doch dann sah er Pepé, der wie versteinert ein wenig abseitsstand.

So schnell er konnte, rannte er die Stufen hinunter und hastete auf den Hof. Marcos' Mutter flehte mit gefalteten Händen die Polizisten an, etwas zu unternehmen.

»*Por favor*[11], finden Sie meinen Jungen. Ich mach mir solche Sorgen um ihn. Sie haben doch

11   Bitte

selbst gesehen, welche Nachricht er mir geschickt hat. Niemals hätte er seine kleine Schwester allein zu Hause gelassen. Das hat er noch nie gemacht.« Sie sprach mit einem Mann, der silbergraue Haare hatte. Nur an den Koteletten konnte man die einstmalige schwarze Farbe erkennen. Trotz seiner legeren Kleidung – ein weißes Hemd und eine blaue Jeans – vermutete Enrique, dass es sich hierbei um einen Inspektor der Polizei handelte.

»Was ist mit Marcos?«, sagte er und wandte sich dem Polizisten zu.

»Und wer bist du?«, fragte der Mann.

»Ich bin Enrique, ein ... Freund von Marcos. Was ist mit ihm?«

»Weißt du, wo dein Freund sich aufhält? Hast du irgendwelche Informationen? Weißt du, wo er hinwollte?«

»Er hat mir erzählt, dass er nach der Schule ein Fotoshooting hatte. Nur wo, das hat er mir nicht verraten.«

»Weißt du, welcher Fotograf?«, fragte der jüngere, braunhaarige Mann, der zuvor nur neben seinem älteren Kollegen gestanden und alles auf seinen Notizblock geschrieben hatte. Nun schaute er Enrique fragend an, und sein Kugelschreiber verharrte auf dem weißen Blatt.

»Ähm ... nein. Pepé, weißt du da nicht mehr?« Enrique starrte Pepé direkt in die Augen.

»*No*«, stammelte dieser nur. »Nach der Schule sind wir gemeinsam nach Hause gegangen. Und später wollten wir uns an unserem Treffpunkt treffen. Mehr weiß ich auch nicht.«

»Sehen Sie?«, mischte sich die Mutter in das Gespräch ein. »Er ist definitiv auf dem Nachhauseweg entführt worden. Jetzt machen Sie doch etwas! Finden Sie meinen Sohn!«

»Wo ist denn dieser Treffpunkt?«, fragte der braunhaarige Mann.

»Unten neben der Zementfabrik«, sagte Pepé kleinlaut.

19

Marcos – in zwei Stunden – Freitag, nachts

Seine Knie zitterten, als er den Abgrund sah, der sich vor ihm auftat. Die Wellen brachen sich mit voller Gewalt an den Felsen, die hoch aus dem Meer ragten. Soeben war die Wolke verschwunden, die noch vor Kurzem den Mond verdeckt hatte, und nun spiegelte er sich auf der Wasseroberfläche wider. Nur kurz blickte er gen Himmel, und es kam ihm fast so vor, als würde der Mond ihn auslachen. Die Sterne leuchteten heute heller als sonst. Es war alles anders als gewöhnlich. Unheimlich still. Furchterregende Stille.

Dann spürte er einen zarten Windhauch in seinem Nacken, und die Stimme flüsterte:»Du oder er? Wähle mit Bedacht!«

Wähle mit Bedacht, hallte es wie ein Echo durch sein Gehirn. *Was soll ich da mit Bedacht wählen? Tod durch den Aufprall auf einen Felsen oder Tod durch Verhungern in einer Box irgendwo im Nirgendwo? Tot ist tot. Wo ist da bloß der Unterschied?*

»Was soll ich wählen? Du bist ein Scheißpsycho!«, schrie Marcos im entgegen, und einige Speicheltropfen flogen durch die Luft. Er riss an seinen Fesseln, die sich in seine Handgelenke bohrten wie Dornen.

»Entweder du springst oder du wirst lebendig begraben in der Kiste. Wie du willst. Es ist deine Entscheidung.«

»*¡Hijo de puta!*«, murmelte Marcos und dachte an die Holzverschalung, an der er vor wenigen Minuten vorbeigegangen war. Deckel drauf, und Ruhe wäre in der Kiste. Er wollte sich nicht vorstellen, welche unsagbaren Qualen er dort erleben müsste, bevor der liebe Gott ihn zu sich nehmen würde. Wie war das noch mal? Wie lange brauchte ein Körper, um zu verdursten? Wie lange brauchte ein Körper, bevor er aufhörte zu existieren? Sosehr er auch darüber nachdachte, er wusste keine Antwort darauf. Doch jede Minute Todeskampf wäre definitiv eine zu viel. Marcos schüttelte seinen Kopf, um die Bilder, die vor seinem geistigen Auge wie auf einer Leinwand abliefen, loszuwerden ... *Ich will nicht sterben!*

»Ich wähle für dich, mein Freund«, sagte die Jungenstimme. Sie klang weit weg und doch so nah. Aber als Marcos sich umdrehte, konnte er ihn nicht entdecken. Es stand nur der Mann hinter ihm, der seine Kopfbedeckung tief ins Gesicht gezogen hatte und von der Schwärze der Nacht überzogen wurde. »Dein Tod soll nicht so grausam sein wie meiner. Also spring du, und ich werde die Kiste wählen, die dort drüben steht. Ich werde an dich denken.« Seine Worte klangen sanft und berührten Marcos' Herz. Und

66

doch, es gab einen winzigen Schimmer Hoffnung, der in ihm aufflammte. Sie könnten den Mann überwältigen. Schließlich waren sie zu zweit. Die letzten Stunden hatten ihm massiv zugesetzt, und er vermutete, dass in der Flasche, die er in dem Raum vorgefunden hatte, Drogen untergemischt waren. Nur das würde seine in Nebel gehüllten Gedanken erklären, die nur ab und an klar waren. Obwohl sein Körper nach Wasser schrie, war er von dem einen Gedanken wie besessen.

Er ballte seine Hände zu Fäusten, drehte sich ruckartig um und schrie dem anderen Jungen zu: »Hilf mir, ihn von der Klippe zu schmeißen!« Mit voller Kraft rannte er auf den Mann zu, doch wo dieser noch einen Augenaufschlag zuvor gestanden hatte, war jetzt nur noch Luft. Sofort setzte ein schallendes Gelächter ein. Marcos drehte seinen Kopf nach rechts. Der Mann stand ein paar Meter von ihm entfernt und beugte seinen Oberkörper leicht nach vorne. Es dauerte Momente, bis das Lachen verstummte. Nur das Rauschen der Wellen war geblieben.

»Hast du wirklich gedacht, dass es so einfach ist, Marcos? Dass du mich überwältigen kannst? Und was dann? Was wolltest du dann machen? Mich von der …« Ein Glucksen ließ die Worte für einen Moment verstummen. Dann räusperte sich der Mann und sprach weiter. »Mich von der Klippe stürzen? Mit auf dem Rücken gefesselten Händen geht das sicher total gut. Ach, du armer

Tropf. Ich hoffe, du bist stark genug und wirst deine Aufgabe gut meistern!«

Es waren vorerst die letzten Worte, die Marcos hörte, denn als sie verstummten, war da nur noch ein Schmerz, der wie ein Tsunami auf ihn niederbrauste und seinen Geist mit sich in die Tiefe riss. Marcos' Körper faltete sich in einer Art Zeitlupe zusammen wie eine Zeitung. Doch dies bekam der Junge nicht mehr mit. Nie wieder würde er aus diesem Albtraum erwachen.

20

In zwei Stunden – Freitag, nachts

Ich liebte ja diese Art von Spielen. Und der Junge machte genau das, was ich von ihm erwartet hatte. In seinem Teenagerhirn versuchte er, klare Gedanken zu fassen, was aufgrund der Drogen, die ich ihm ins Wasser gemischt hatte, kaum möglich war. Bildete er sich wirklich ein, auf einer hohen Klippe zu stehen? War es wirklich möglich, ihn so weit zu beeinflussen? Dabei stand er nur auf einer kleinen Felsformation, vielleicht drei Meter oberhalb des Meeresspiegels.

Ich dachte an die beiden Jungs, die nur wenige Tage zuvor hier an derselben Stelle gestanden und sich in den vermeintlichen Abgrund gestürzt hatten. Welch ein armseliges Trauerspiel ich miterleben musste. Der erste Junge war untergegangen wie ein nasser Sack. Er klatschte auf die Wasseroberfläche, und so schnell konnte ich gar nicht schauen, da war er bereits in die Tiefen abgetaucht. Den zweiten fand ich etwas amüsanter, wobei es nicht mein Ziel war, ihn dem Meer zu übergeben. Doch vielleicht hatte der liebe Gott es so gewollt, dass er nicht die Aufgabe, die ich für ihn vorgesehen hatte, erfüllte. Obwohl er es noch zweimal geschafft hatte, an die Wasseroberfläche zu kommen, hatten ihn seine Kräfte letztendlich im Stich gelassen.

Ich blickte zu Marcos, der in sich zusammengesunken am Boden lag. Ein Schlag auf die Arteria carotis verfehlte nie seine Wirkung. Ich packte ihn an den Schultern, zerrte ihn hoch und zog ihn über die Steine hinweg zu seiner letzten Aufgabe. Er war stark genug, da war ich mir sicher.

Während ich alles vorbereitete für das große Ereignis, dachte ich an Onkel John. Schon damals hatte ich mich gefragt, warum er nie solche Spiele mit den Jungs trieb. Ob er nicht das Bedürfnis hatte, anderen wehzutun. Nicht ein einziges Mal hatte er einen Jungen länger behalten als unbedingt notwendig. Er sah in den Jugendlichen eine Art Legobaustein, der ihm gefehlt hatte, seine Arbeit fertigzustellen. Niemals hätte er dem zugestimmt, was ich mit ihnen anstellte. Dabei machte gerade das den besonderen Reiz aus. Ich fand das durchaus lustig. Auch wenn es nicht genau das war, was mir im Laufe der Jahre vorschwebte.

Ein Schmunzeln trat auf meine Lippen, und in meinem Bauch kribbelte es. Das war Liebe. Definitiv. *Ich liebe dich, Onkel John.*

Meine Gedanken schweiften weiter ab in eine Vergangenheit, in der ich genau in die richtige Bahn gelenkt wurde. Dorthin, wo ich heute stand. Ich hatte Onkel Johns Vermächtnis übernommen. Genau an dem Tag, an dem Onkel John gestorben war. Gestorben für mich.

Gestorben für meine Zukunft. Er hatte das letzte Level erreicht und musste weichen. Platz für mich machen, sodass auch ich eines Tages in den erlesenen Kreis aufgenommen werden konnte.

Ich musste mich damals mit meinen zwölf Jahren entscheiden. Zwischen Onkel Johns Erfolgsgeheimnis, das mich auf immer und ewig vor Schlechtem bewahren und mich reich machen würde, oder einer Zukunft in einem heruntergekommenen Viertel mit meinem Vater, diesem Workaholic. Der nur glaubte, erfolgreich zu sein, weil er mehr als drei Scheine in seinem Portemonnaie hatte. Ich fand es schon damals zum Kotzen, wie mein Vater ständig damit prahlte und das Geld den Huren nur so nachschmiss.

21

Sven und Jenny – Freitag, nachts

Sven hatte sich auf seinen Stuhl auf der Terrasse gesetzt und noch eine Zeit lang den Trubel bei der Wohnsiedlung beobachtet.

»Was sagen wir jetzt Meli?«, kam es wie aus heiterem Himmel von Jenny. Sven war in Gedanken versunken und schreckte auf.

»Was meinst du?«, fragte er nach.

»Na ja. Denkst du, sie muss sich Sorgen machen um Santiago?«

Sven schnaufte. »Nein, denke ich nicht. Wie gesagt, er ist ein normaler Teenager, der mit seinen Freunden abhängt und verbotene Dinge tut. Da braucht man keine Mutter, die einen auf die Nerven geht. Ich wollte in seinem Alter auch nicht, dass meine Mama ihre Nase in meine Angelegenheiten steckt.«

»Das stimmt«, sagte Jenny und lachte.

Svens Telefon klingelte. ›Meli‹ stand auf dem Display. Sofort wurde Sven ernst und stellte das Gespräch auf Lautsprecher. »Was gibt es, Meli?«

»Ein Freund von Santiago wurde entführt.« Meli schluchzte mehr ins Telefon, als dass sie sprach.

Sven schaute Jenny fragend an. »Moment! Was hat das mit Ihrem Sohn zu tun? Ist er nicht da, oder wie?«

»Doch, doch. Er ist in seinem Zimmer. Ich hab grad mit ihm gesprochen.«

Sven verstand nicht, warum Meli so aufgelöst war. Wenn ihr Sohn da war, warum weinte sie dann? »Meli, ich verstehe nicht ...«

»Santiago hat erzählt«, unterbrach sie ihn mitten im Satz, »dass einer seiner Freunde auf dem Nachhauseweg entführt worden ist. Das hätte auch mein Sohn sein können. Ich will mir das gar nicht vorstellen.«

»Nein, ich hatte ihn doch heute, seit er die Schule verlassen hat, im Visier.«

»Ja, aber was wäre gewesen, wenn Sie nicht da gewesen wären, Sven? Wäre dann Santiago das Ziel der Entführung geworden? Ich meine, wir wohnen schließlich nicht im Plattenbau und mein Mann und ich verdienen gut.«

Nur einen kurzen Moment stockte er, bevor er sprach. »Haben Sie mehr Infos über diesen Jungen? Was hat Santiago alles erzählt?« Sven wurde mulmig, und er ließ den Nachmittag nochmals Revue passieren. War da etwas Auffälliges? Etwas, das er nicht für wichtig erachtet hatte, das nun von großer Bedeutung war?

»Ich kann Ihnen ein Foto von Marcos schicken, wenn Sie möchten. Stellen Sie sich vor, er war nur wenige Meter von zu Hause weg, als er verschleppt wurde. Und anscheinend hat der Entführer mit Marcos' Telefon eine Nachricht geschickt.«

»Eine Nachricht?«

73

»Ja, an seine Mutter. Im Namen von Marcos soll das angeblich gewesen sein. Aber dazu weiß ich nichts Genaueres. Ich werde morgen mit Marcos' Mutter persönlich sprechen.« Sie machte eine bedeutungsschwangere Pause. »Sie müssen gut auf Santiago aufpassen. Versprechen Sie mir das!«

Bin ich nun der Bodyguard des Jungen? Sven schloss kurz seine Augen und atmete tief durch. *Wie soll ich so was nur versprechen?* Auch als er noch bei der Polizei in Österreich seinen Dienst verrichtet hatte, wollten die Eltern jedes Mal ein Versprechen, dass man das verschwundene Kind lebend fand. Was allerdings nicht immer gelang. »Natürlich mach ich das«, antwortete er schlussendlich, obwohl er mit seinen Worten rang.

»Ich hab Angst um meinen Jungen«, murmelte Meli noch ins Telefon, bevor sie das Gespräch beendete.

Sven schaute zu Jenny. »Wir brauchen mehr Infos darüber. Wie kommen wir da ran? Sollten wir zu der Mutter von … wie hieß der Junge gleich noch mal?«

Im selben Moment piepte sein Telefon. *Das versprochene Foto,* dachte er sich und öffnete die Message. Ein schwarzhaariger Junge lachte ihm entgegen. Die Haare hingen ihm lässig in die Stirn, und der Spitzbub war ihm deutlich ins Gesicht geschrieben. Anscheinend in Santiagos Alter.

»Den hab ich heute gesehen.« Sven drehte Jenny das Handy hin, damit auch sie sich das

74

Foto ansehen konnte. »Ein kurzes Stück ist er gemeinsam mit der Gruppe gelaufen und dann mit einem zweiten Jungen abgebogen, hinauf in die große Wohnsiedlung, die gegenüber der Schule ist. Allerdings kann ich mich nicht erinnern, irgendetwas Ungewöhnliches gesehen zu haben.«

Jenny legte ihren Zeigefinger ans Kinn. »Also ehrlich, in dieser Wohnsiedlung dort wohnt keine Familie, die reich ist. Alles Normalverdiener wie wir auch. Ich denke mal, es wird hier nicht um Lösegeld gehen.«

»Was willst du damit sagen?«, fragte Sven.

»Überleg mal! Keine dieser Familien hat so viel Geld, dass es sich lohnen würde, Lösegeld zu erpressen. Also muss es einen anderen Grund für die Entführung geben.«

»Du hättest Profiler werden sollen. Eindeutig.« Sven lachte, und Jenny stimmte mit ein. »Ich ruf Carlos an. Vielleicht kann ich ihn dazu bringen, mir einige Infos zu verraten. Was meinst du?«

»Machen wir es doch anders. Ich ruf bei Sarah an und frag sie, ob wir uns nicht treffen können. Wenn möglich heute noch. Das wäre unauffälliger, findest du nicht?«

»Natürlich«, sagte Sven und zog eine Grimasse. »Voll unauffällig, wenn wir vorbeikommen wollen, weil wir uns ja so oft sehen. Gerade, wenn sich ein neuer Fall aufgetan hat.«

»Es ist besser, als sich von Carlos am Telefon abwimmeln zu lassen. Oder? Davon abgesehen sehe ich Sarah jede Woche beim Line Dance. Du weißt schon, das Rumgehopse mit Musikuntermalung.« Jenny zwinkerte ihm zu.

***

Es hatte nicht lange gedauert, bis Jenny Sarah davon überzeugen konnte, dass sie heute noch vorbeikommen würden. Sarah hatte nur zugestimmt, weil Jenny ihr vorgegaukelt hatte, direkt in der Nähe zu sein. Sven bog soeben in die Hauseinfahrt ein und parkte das Auto. Schon als sie ausstiegen, wurde die Tür aufgerissen, und ein sechsjähriger Junge rannte Jenny mit offenen Armen entgegen.

»Hallo, Raúl. Na, mein Kleiner?«, sagte sie, wuschelte ihm durch sein schwarzes Haar und drückte ihn fest an ihren Körper. »Alles gut bei dir?«

»Hallo, ihr zwei.« Sarah stand auf dem Treppenabsatz und machte eine einladende Handbewegung. Sie trug ihre braunen langen Haare offen, was Jenny im ersten Moment verwirrte, da sie Sarah nur mit Pferdeschwanz kannte. »Kommt rein. Carlos ist noch in seinem Büro, aber er ist sicher bald fertig.«

Jenny und Sven betraten den Flur, und sogleich schlenderten sie in den Wohnraum.

»Was führt euch zu uns?«, sagte Sarah, als sie die Getränke auf den Tisch stellte, sich hinsetzte und ihre Hände auf ihren Bauch legte. »Was ist der wirkliche Grund für euren Besuch?«

Sven schluckte. War das wirklich so einfach zu durchschauen gewesen? »Weißt du …«, begann er zu sprechen, brach dann aber ab, weil er nicht wusste, was er antworten sollte.

»Du bist viel zu klug für uns«, sagte Jenny, und ein breites Grinsen legte sich auf ihr Gesicht. Sven liebte es, wenn sich an ihren Augen Lachfältchen bildeten. »Wir haben da einen Fall. Und es könnte sein, dass der Fall von dem verschwundenen Jungen heute Nachmittag mit unserem neuen Fall zusammenhängt.«

»Gibt es noch einen Jungen, der nicht nach Hause gekommen ist? Warum wissen wir nichts davon?« Sarah war im Begriff aufzustehen, doch Jenny bedeutete ihr, sitzen zu bleiben.

»Nein, wir sollen im Auftrag einer Mutter ihren Sohn beschatten. Anscheinend sind der Junge, der verschwunden ist, und unsere Zielperson in dieselbe Schule, vielleicht auch in dieselbe Klasse gegangen.«

»Du meinst den verschwundenen Jungen in Arguineguín? Woher wisst ihr davon? Die Informationen an die Presse sind noch nicht mal raus!«

»Unsere Auftraggeberin hat uns darüber informiert. Und wir haben von unserer Terrasse aus das Blaulicht in der Wohnsiedlung gegenüber der Schule gesehen. Somit haben wir eins und eins zusammengezählt.«

»Okay. Also habt ihr Infos darüber, wo der Junge sich aufhalten könnte? Die Mutter war schon sehr verzweifelt, muss ich sagen. Was mich auch nicht wundert nach den ganzen Vorfällen, die sich hier in letzter Zeit ereignet haben.«

»Du meinst die Sache mit den Selbstmorden, gell? Wir wissen leider auch nicht, wo er ist. Aber ich frage mich, wer Interesse daran hätte, ausgerechnet diesen Jungen zu entführen. Um Geld kann es wohl kaum gehen, oder doch?«

»Ach, Jenny. Du weißt genau, dass ich dazu nichts sagen darf.«

Sven mischte sich ins Gespräch ein. »Aber wenn ich dir erzähle, was wir wissen, dann kannst du ja zumindest nicken und bestätigen, oder nicht?« Sarah schaute ihn mit einem skeptischen Blick an. Sofort appellierte er an ihre Muttergefühle. »Hör mal. Der Junge, den wir beschatten sollen, stammt aus einer reicheren Familie. Die Mutter ist in großer Sorge. Da brauchen wir jede Info, die wir kriegen können. Ich will nicht, dass mein Schützling auch auf einmal weg ist. Verstehst du?«

Sarah nickte schlussendlich.

»Also gut. Wir wissen, der Täter hat der Mutter eine Nachricht geschickt. Richtig?« Jenny sah zu Sarah, die zögerlich nickte.

»Aber wir wissen nicht, was genau in dieser Nachricht gestanden hat«, sagte Sven, und in diesem Augenblick öffnete sich die Tür von Carlos' Büro. Im ersten Moment dachte Sven, George Clooney stand höchstpersönlich im Türrahmen. Erst vor wenigen Tagen hatten Jenny und er sich bei dem Film *Gravity,* den sie auf Netflix geschaut hatten, darüber unterhalten, wie ähnlich Carlos dem Schauspieler sah.

»Sieh mal an. Die zwei Schnüffler lassen sich auch mal wieder sehen.« Ein spitzbübisches Grinsen zierte sein Gesicht. »Kaum passiert mal was in eurer Gegend, kommt ihr uns besuchen. Welch ein seltsamer Zufall!«

»Jaja«, sagte Jenny und machte ein schuldbewusstes Gesicht. »Schon gut!«

»Also?«, fragte Carlos, setzte sich neben Sarah und blickte in die Runde. »Was ist los? Welche Fragen habt ihr, die ich euch nicht beantworten darf?«

Alle brachen in schallendes Gelächter aus.

»Wir müssen wissen, was in dieser Nachricht gestanden hat. Also in der an die Mutter von Marcos.«

»Du kennst die Antwort darauf, Sven. Oder?«

»Komm schon. Es ist wichtig. Nicht dass dieser Junge gar nicht das Ziel war.«

»Ich kann dir nur so viel sagen, dass er mit Sicherheit das Ziel war. Daran besteht kein Zweifel.«

»Wie kommst du darauf?«

Carlos hielt in seiner Bewegung inne, und für einen kurzen Moment sah man die Rädchen, die sich in seinem Kopf drehten. »Du erfährst es morgen ja sowieso aus der Zeitung, somit kann ich es dir auch jetzt sagen.« Er legte eine künstliche Pause ein. »Es ist nicht das erste Mal passiert.«

22

Marcos – in zwei Stunden – Freitag, nachts

Seine Gedanken waren noch ganz benebelt, doch die Hitze, die sich mühelos auf seiner Haut ausbreitete, riss Marcos aus seiner Traumwelt. Er wollte schreien, doch konnte es nicht. Sein Mund war trocken, staubtrocken, wie von der Sonne ausgedörrt. Seine Zunge fühlte sich an wie Schleifpapier und klebte an seinem Gaumen fest. Auch konnte er weder Arme noch Beine bewegen. Nur vage nahm er wahr, dass er an eine Art Marterpfahl gefesselt war. Unter größter Anstrengung gelang es ihm, seinen Kopf zur Seite zu drehen. Er war wie in einer Trance gefangen. Sein Kopf war voller Wolken, die seine Gedanken einhüllten und nichts durchscheinen ließen.

Er riss die Augen auf, und doch sah er nichts. Das Brennen auf seiner Haut verstärkte sich, und der Druck auf seinen Brustkorb drohte seine Organe zu zerquetschen. Scharf zog er Luft in seine Lungen, um zumindest seinen Oberkörper von dem Gewicht zu befreien, doch der Druck verstärkte sich dadurch nur und ein Schmerzensschrei entfuhr seiner Kehle. Es war kein lauter Schrei, sondern er klang in Marcos' Ohren eher nach einem Krächzen.

Verdammt, was ist hier los?, schoss es ihm durch den Kopf. Im selben Moment erfasste ihn eine Welle aus Panik und Angst, die alles mit sich riss. Das Atmen fiel ihm immer schwerer, und die Luft ätzte sich wie Säure in seine Lungenflügel.

Und da hörte er die Stimme des Mannes wieder. »Du musst stark sein, Marcos.«

Vielleicht hatte er sich die Worte auch nur eingebildet, denn sogleich fiel etwas von oben auf seinen Kopf. Plötzlich war der Schmerz so weit weg, und die Furcht, die er noch einen Augenaufschlag zuvor verspürt hatte, verschwand.

23

Vor 31 Jahren

»Onkel John?«, fragte ich, ging näher an den Jungen heran und inspizierte sein Gesicht. Das fahle Mondlicht ließ die weit aufgerissenen Augen förmlich aus den Höhlen treten. Der Mund war nur leicht geöffnet, gar nicht zu einem Schmerzensschrei verzogen. In den Filmen, die ich mir ansah, war das schließlich so. Doch die Realität sah anscheinend anders aus, das musste ich nun schmerzlich feststellen. Ich hatte mir den Tod des Jungen um vieles spannender vorgestellt. Aufregender. Mitreißender. Aber nachdem er einmal kurz geschrien hatte, war er gestorben. Einfach so. Tot, Ende, Licht aus.

»Ja?«, sagte er und wischte sich den Schweiß von der Stirn.

»War das nun alles?«, fragte ich ihn.

»Wie meinst du das?« Onkel John zog eine Augenbraue in die Höhe. Das war ein Tick von ihm; das machte er immer, wenn er meine Frage nicht verstand. Was sehr oft vorkam.

»Na ja«, antwortete ich zögerlich. Ich wusste ja nicht, ob ich diese Frage überhaupt stellen durfte. Ob mich dann nicht eine Strafe erwartete. Ob er mich jemals wieder mitnahm auf seine Streifzüge, wenn ich nun seine Arbeit kritisierte. »Ich hab mir das anders vorgestellt, weißt du? Viel mehr Todeskampf oder so.« Ich senkte den Blick, denn ich konnte ihm nicht in die Augen sehen. Vor Scham zog ich mit der Schuhspitze Kreise auf dem Boden. Es waren nur Sekunden, die er brauchte, um mir eine Antwort zu geben, aber für mich waren es gefühlte Stunden.

»All das, was du in den Filmen siehst, ist nicht real. Verstehst du das? Hier geht es auch nicht ums Töten. Hier geht es darum, dass der Junge eine Funktion erfüllen muss. Das ist wichtig.« Er kam ganz nah zu mir und packte mich sanft an den Schultern. »Niemals darfst du aus reiner Lust töten, hast du mich gehört?«

Ich antwortete ihm nicht. Ich konnte nicht. Er wollte das mit Sicherheit nicht hören, was mir durch den Kopf ging. Welche Ideen ich hatte …

Er schüttelte mich und wiederholte seine Worte. »Niemals! Klar?«

Es war wie eine Drohung, die in seinen Worten unterschwellig mitschwang. Ich nickte. Doch was ich mir dachte, blieb mein Geheimnis. Niemals hätte Onkel John es mir erlaubt, einem Jungen auch nur ein Haar zu krümmen. Unterdessen hatte er sich wieder seiner Arbeit zugewandt und beachtete mich nicht mehr. Doch gab es noch eine Frage, die mir auf der Seele brannte. Vielleicht war es auch der Geruch des Todes, der mich mutig genug machte, sie zu stellen. Oder es war einfach nur an der Zeit, eine Antwort darauf zu bekommen.

»Warum nimmst du nur Jungs?«

Ich hatte die Worte kaum ausgesprochen, da hätte ich mir am liebsten mit der Hand auf den Mund geschlagen. Ich erschrak, als sich Onkel John ruckartig zu mir umdrehte.

»Das weißt du doch, John-Boy. Weil kein Mädchen jemals so stark sein kann. Und jetzt steh da nicht so rum, sondern hilf mir lieber!«

24

Sven und Jenny – Freitag, abends

Erst vor wenigen Augenblicken hatte Carlos erzählt, dass es in den letzten zwei Monaten weitere Entführungsfälle gegeben hatte, die diesem Fall von der Vorgehensweise her ähnelten. Sven war der Mund offen stehen geblieben. Vor Schreck und vor Erstaunen. Nun hatte er endlich seine Sprache wiedergefunden und die Informationen verdaut. »Du meinst, es gab schon mehrere solcher Fälle und ihr habt nichts unternommen?« Es war schwierig, die richtige Wortwahl zu treffen. Wie konnte man so etwas auch besser formulieren? Somit platzte diese Frage einfach aus Svens Mund heraus.

Carlos seufzte. »Wir haben natürlich nach den Jungs gesucht. Selbstverständlich. Wir haben jede dieser Nachrichten ernst genommen. Und es waren immer die Mütter, die sie bekamen. Einige Jungs waren einfach nur auf einer Party gewesen und wollten das ihren Eltern nicht erzählen. Hatten einfach ihr Handy abgeschaltet und waren am nächsten Tag wieder da. Das gibt es ja öfter, und daran ist auch nichts Ungewöhnliches. Sie sind halt im Teenageralter. Doch es gab auch welche, die nicht wiederaufgetaucht sind. Sie sind einfach spurlos verschwunden. Bis heute.«

»Also, es muss doch eine Spur geben! Kein Täter hinterlässt keine Spuren.«

»Das ist richtig. Es gibt eine. Die ist jedes Mal gleich. Es ist immer die Rede von einem Fotografen, der tolle Fotos machen möchte von bestimmten Jungs. Doch die Beschreibung von ihm ist sehr vage. Schwarze Haare, anscheinend ein Südländer. Fährt einen abgewrackten Skoda Fabia. Doch mehr Infos haben wir auch nicht. Keiner hat ihn bisher so wirklich aus der Nähe gesehen. Verstehst du?«

»Nein«, sagte Sven und schaute ihn an. »Ich verstehe nicht. Wie kam er an diese Jungs heran? Ich meine, am Beispiel von Marcos. Er war ständig mit der Clique unterwegs. Wie kann es möglich sein, dass er allein angesprochen wurde?«

»Genau so wie er entführt wurde. Auf dem Nachhauseweg einfach abgepasst.« Carlos hob seine Hände in die Luft zu einer fast schon entschuldigenden Geste.

»Wie viele Jungs sind es?«, mischte sich Jenny ein, die bisher ruhig neben Sven gesessen und zugehört hatte.

»Insgesamt sind fünf verschwunden, mit dem heutigen Teenager gerechnet. Zwei davon haben wir gefunden. Tot. Sie wurden von der Küstenwache einen Tag nach ihrem Verschwinden aus dem Meer gefischt. Laut Obduktionsbericht hatten beide Drogen im Blut und Wasser in der Lunge.«

»Du meinst die beiden Selbstmorde, die in der Zeitung standen?«, fragte Sven nach. »Das waren gar keine Selbstmorde?«

»Ja. Wegen der Nachricht. Auch von ihren Telefonen wurden diese Nachrichten geschickt. Und es wurden Fesselspuren an den Handgelenken festgestellt. In den Medien haben wir die Sache mit dem Suizid verbreiten lassen. Wir wollen doch keine Panik hier auf der Urlaubsinsel.«

»Was steht in diesen Nachrichten?«

»Dass sich die Mütter keine Sorgen machen müssen und der Sohn bei einem Freund übernachtet. Deswegen hat es bisher immer gedauert, bis die Eltern uns informiert haben.«

»Und von den anderen drei Jungs fehlt jede Spur, sagst du?«, warf Jenny ein. »Vielleicht sind sie einfach abgehauen? Ich meine, das gibt es doch öfter, oder nicht?«

»Richtig. Doch irgendwer sieht diese Ausreißer doch. Irgendwo tauchen sie immer auf. Egal ob sie ein Busfahrer sieht, ein Wanderer in den Bergen, der zufällig auf sie stößt. Irgendwo werden sie gefunden. Ich meine, wir leben auf einer Insel. So einfach kommt man hier nicht weg ohne Papiere. Doch von diesen dreien fehlt jede Spur.«

Fast hätte Sven etwas gesagt. Es lag ihm auf der Zunge, doch im letzten Moment schloss er seinen Mund wieder. Denn damals war auch er von der Insel geflüchtet. Es gab nichts Leichteres, als gefälschte Ausweise zu besorgen. Das war fast wie Lebensmittel einkaufen, nur dass man für einen gefälschten Ausweis einige Beziehungen haben musste.

25

Am nächsten Morgen – Samstag, morgens

Ich überlegte, welchen Jungen ich mir wohl als Nächstes schnappen sollte. Wer wäre dazu geeignet? Ich tippte auf meinem Handy herum und zoomte die einzelnen Fotos näher heran. Die Jungs, die ihren Babyspeck noch auf den Hüften trugen, fielen bei mir auf jeden Fall durch das Raster. Die hatten nicht mal die notwendige Selbstdisziplin, mit dem Essen aufzuhören und ihren Körper zu pflegen. Wie sollten die stark genug sein für mein Vorhaben? Ich wischte mit meinem Finger das Bild von dem Display fort und versuchte damit, auch jeglichen Gedanken an diese Exemplare fortzublasen.

Ich wollte ein schönes, ästhetisches Kunstwerk. Etwas, das man sich gerne ansah. Bei dessen Anblick man ins Träumen geriet.

»Jaja, Onkel John«, sagte ich mehr zu mir selbst, als in den Himmel gerichtet. »Schon klar. Hauptsache, stark müssen sie sein. Aber ich hab es doch für uns perfektioniert, für mich. Nun gelten meine Regeln, nicht mehr deine.« Ein Seufzer entfuhr meiner Kehle, und es löste sich eine Träne, die langsam, aber beständig meine Wange hinunterrann. Der Gedanke an einen geliebten Menschen, der – wie es Onkel John zu sagen pflegte – zu Höherem berufen war und nun auf einer Wolke saß und über seine Lieben wachte, zerbrach mich fast innerlich. Obwohl es schon mehr als zwanzig Jahre her war, dass er mich verlassen hatte, schmerzte es, als wäre es erst gestern gewesen. Das Loch in meinem Herzen würde nie wieder jemand auffüllen können. *Nein, Zeit heilt eben nicht alle Wunden.*

So sehr geliebt wie ihn hatte ich noch nie einen Menschen. Keine Frau hatte ihm jemals das Wasser reichen können – keine hatte es geschafft, mit mir so verbunden zu sein.

Und nun läutete ich eine andere Ära ein, nun war ich am Zug und bereit, Neues zu erfahren, bereit, Neues auszuprobieren. All das bisher reichte mir nicht mehr. Ich wollte meiner Fantasie endlich freien Lauf lassen. Endlich erleben, was schon seit Jahren die Glut in mir am Leben erhielt, und nun würde ich Benzin dazugießen, um daraus ein Inferno zu machen.

Wieder richtete ich meinen Blick auf das Display. Doch sah ich nur mein Spiegelbild auf dem schwarzen Hintergrund. Ich seufzte abermals. *Werde ich diesmal den Richtigen auswählen?* Ich wusste es nicht, aber ich war mir sicher, dass Onkel John mir den Weg weisen würde.

26

Enrique – Samstag, vormittags

Zum wiederholten Male versuchte Enrique, Marcos zu erreichen. Doch auch diesmal ohne Erfolg. Sofort meldete die weibliche Stimme, dass der Gesprächspartner vorübergehend nicht erreichbar sei.

Seine Gedanken vollführten einen Tanz in seinem Hirn. *Wo ist Marcos? Wo?*

Die ganze Nacht hatte er nicht schlafen können. Zuerst drehte er sich stundenlang im Bett herum, und dann, als er endlich ins Land der Träume versank, hörte er die Stimme, die mit ihm wie durch einen Nebel sprach und diesen einen verfluchten Satz immer und immer wiederholte: *Ich wünschte, du wärst tot!*

Draußen war es noch finster gewesen, als er schweißgebadet aufgewacht war. Seine Kehle war so trocken, dass sich seine Zunge wie die Wüste Gobi anfühlte. Hatte er aufgeschrien, oder war es der Schreck, der sein Herz in seinem Brustkorb schnell pochen ließ?

»¡Maldita sea![12]*«*, hatte er noch geflucht, als er schlussendlich aus dem Bett gekrochen war und sich an den Essplatz in der kleinen Küche gesetzt hatte. Er starrte aus dem Fenster, sah die Sterne, sah den Mond und wünschte sich nur

12   Verdammt/Verflucht noch mal!

eines: seinen besten Freund wieder zurück. Wie konnte er ihm helfen? Wie konnte er ihn befreien?

Er hatte keine Ahnung, wie lange er reglos dagesessen hatte. Eine eiskalte Hand legte sich plötzlich auf seine Schulter, und er schrak aus seinen Gedanken auf.

»Guten Morgen, hab ich gesagt«, sagte Enriques Mutter. Sie fuhr mit ihren Fingern durch sein Haar und drückte ihm einen Kuss auf die Stirn. »Was ist denn los? Wieso bist du schon wach?«

»Ich denke an Marcos und an das, was ich zu ihm gesagt habe«, sagte Enrique, und er spürte den Kloß, der sich in seinem Hals bildete.

Enriques Mutter hatte ihm den Rücken zugedreht und schaltete die Kaffeemaschine ein. Gleich darauf hörte er das Klimpern von Tassen.

»Schrecklich, ja. Marcos soll ja entführt worden sein. Aber was hast du zu ihm gesagt? Was bedrückt dich?« Sie nahm ihre Tasse unter der Maschine hervor und setzte sich zu ihm an den Tisch.

»Ich hab gestern Mittag gesagt, dass ich wünschte, dass er tot wäre. Aber, Mama, so hab ich das doch nicht gemeint. Ich meine, er ist ja nicht tot, oder doch? Wegen mir und meiner vorlauten Klappe?« Erste Tränen rannen über seine Wangen. Er konnte seine Besorgnis nicht mehr zurückhalten. Es musste raus aus ihm.

»Aber, *cariño*[13]. Das ist doch nicht wegen dir passiert. Glaubst du das wirklich? Enrique, du hast im Zorn etwas gesagt, aber niemals würde das jemand ernst nehmen. Verstehst du? Du hast keine Schuld, dass Marcos verschwunden ist.«

»Du musst wissen …«, sagte er noch, doch seine Stimme versagte, und er war unfähig, auch noch ein vernünftiges Wort herauszubringen. Seine Mutter stand auf und nahm ihn in die Arme. Es war einer dieser Momente, in dem er es genoss, dass sie ihn umarmte. Denn eigentlich war er doch schon fast erwachsen mit seinen fünfzehn Jahren und brauchte diese Mutterliebe nicht mehr.

»Du wirst sehen, Marcos taucht sicher wieder auf«, sagte sie, und Enrique schmiegte sich an ihren Brustkorb. Dann nahm sie seinen Kopf in ihre Hände und schob ihn ein wenig von sich weg. Sie schaute ihm tief in die Augen. »Versprich mir, dass du niemals wieder etwas aus reinem Zorn sagst. Jedes Wort, das gesprochen wurde, kann man nicht wieder zurücknehmen.«

Enrique nickte nur.

13   Liebling

27

Sven und Jenny – Samstag, vormittags

Seit sieben Uhr morgens stand Sven auf dem geschotterten Parkplatz, der sich direkt gegenüber von Melis Haus befand. Die Sonne glühte vom Himmel, und er suchte sich unter einer der Palmen, die dort gepflanzt waren, einen schattigeren Beobachtungsposten. Das war einer der Momente, die er an seinem Job so sehr hasste. Geduld war eben nicht seine Stärke. Er schaute auf seine Armbanduhr. 10:17 Uhr.

Seit drei Stunden stehe ich hier, und nichts passiert. Beschissen ist das!, fluchte er in Gedanken, doch es half alles nichts. Er musste hier weiter verharren und warten. Auf keinen Fall wollte er Santiago verpassen und damit vielleicht auch noch dessen Leben gefährden. Das würde er sich nie mehr verzeihen.

Sein Telefon vibrierte in seiner Hosentasche. Er zog es hervor, und auf dem Display stand ›*Jenny*‹.

»Hallo«, murmelte er missmutig, als er das Gespräch entgegennahm.

»Schatz? Was ist denn los?«, sagte Jenny.

»Verdammt. Ich stehe hier und starre auf dieses verhurte Haus, und nichts passiert. Ich dreh hier noch völlig ab, wenn nicht bald irgendwas passiert. Das ist doch alles eine verfi...« Er unterbrach sich selbst, bevor er fortfuhr. »Verschmetterlings-Scheiße.«

Er hörte Jenny lachen. Doch Sven fand das absolut nicht lustig und verzog keine Miene.

»Jetzt reg dich doch nicht so auf. Das ist schlecht für dein Herz«, sagte sie und kicherte.

»Sehr witzig. Ich hab keine Probleme mit meinem Herzen, sondern damit, dass ich hier stehen muss. Wann kommst du mich endlich ablösen?«

»Wir hatten ausgemacht um zwölf. Kannst du dich noch daran erinnern?« Ein Glucksen drang an sein Ohr.

»Hör auf zu lachen und bring mir lieber was zu trinken vorbei. Meine Wasserflasche ist leer, und wenn ich nicht binnen fünf Minuten was trinke, dann sterbe ich. Ich schwör.«

»Ja, bin gleich bei dir. Nicht sterben bitte. Ich brauch dich ja noch. Unsere Wohnung muss renoviert werden.« Schallendes Gelächter folgte, und auch Sven stimmte mit ein.

»Du bist echt doof«, sagte er.

»Hab dich auch lieb. Bis gleich!«

Das Gespräch war zu Ende, trotzdem musste Sven schmunzeln. Er liebte seine Jenny einfach, und das Schönste an allem war, dass sie ihn genau so liebte, wie er war. Mit all seinen Fehlern.

Während er seinen Gedanken nachhing, öffnete sich das Garagentor. Gleich darauf schoss Santiago auf seinem Fahrrad um die

94

Ecke und fuhr die Straße Richtung Einkaufszentrum hinunter. Sofort sprang Sven auf den Roller und düste ihm hinterher. Die Gedanken an Wasser, an den bevorstehenden Kuss und an Jenny waren schlagartig aus seinem Kopf geblasen. Nur mehr eines zählte: *Ich darf Santiago auf keinen Fall verlieren!*

Knapp zehn Minuten später hatte Sven den Roller am Campingplatz abgestellt und war quer Richtung Meer gelaufen. Für ihn war klar, wohin Santiago wollte. Zum Treffpunkt der Clique natürlich. Wohin auch sonst? Atemlos kam er am Zaun an und stellte sich hinter ein Gebüsch, sodass ihn die Jugendlichen nicht entdecken konnten. Da hörte er schon das Gejohle.

»Seht mal, wer es auch schon hierhergeschafft hat«, sagte ein groß gewachsener Junge. »*Hola,* Santiago! Hast du uns wieder was mitgebracht? Zigaretten? Bier?«

In Svens Hosentasche vibrierte das Telefon. *Das wird Jenny sein,* dachte er und suchte mit seinen Augen einen geeigneten Platz zum Telefonieren. Außerdem musste er von seinem Beobachtungsposten dringend weg, nicht dass es noch einen Nachzügler gab, der ihm zufällig über den Weg lief. Ein großes Loch im Zaun lud ihn förmlich dazu ein, durchzuklettern und sich weiter hinten im Schutz der Bäume ein Plätzchen zu suchen. Das Handy hatte aufgehört zu vibrieren, als er ein geeignetes Versteck gefunden hatte. Noch einmal kontrollierte Sven die Gegend um sich herum. Keiner da, und die Jungs würden ihn aus der Entfernung nicht hören. Er rief Jenny zurück.

»Schatz, ich bin am Treffpunkt der Jugendlichen«, flüsterte er so leise wie möglich. »Auf dem Gelände des alten Zementwerkes in dem kleinen Wald. Direkt an dem Weg, wo die Baustelle für das neue Resort ist.«

»Okay, dann ist es vermutlich besser, ich komme von der anderen Seite mit dem Auto, oder?«

»Ja, das sind von dort nur wenige Schritte. Sei aber leise.«

Sie schnaufte als Antwort und legte auf. Kaum hatte er sein Telefon wieder in der Hosentasche verstaut, sah er einen braunhaarigen Jungen zu der Clique hinzustoßen. Aufgeregt fuchtelte er mit den Händen in der Luft herum, sodass seine gelockten Haare wippten. Sven pirschte sich näher heran, um mithören zu können, was diesen Jugendlichen so aufregte, und bahnte sich einen Weg nach links. Immer im Schutz der Bäume und Büsche. Plötzlich bewegten sich die Sträucher vor ihm. Zuerst dachte Sven an eine Katze, die sich von ihm gestört fühlte und das Weite suchte, oder vielleicht Geckos, die dort zuhauf ihr Zuhause hatten. Dann hörte er ein merkwürdiges Klicken, das ganz aus der Nähe kam. Noch bevor er dieses Geräusch richtig zuordnen konnte, erblickte er schwarze

Turnschuhe, die unter den Zweigen hervorlugten.

Ist das etwa Marcos?, dachte er. Er drehte sich in Richtung Zaun. Jenny stand schon dort und war gerade im Begriff durchzuklettern, als sich ihre Blicke trafen und er ihr mit einer Handbewegung zu verstehen gab, dass sie dort stehen bleiben solle. Sie trat einige Schritte von dem Loch zurück, und Sven wandte sich wieder den Schuhen zu. *Da, wieder dieses Klicken.* Und jetzt kam er auch darauf: Es war das Geräusch einer auslösenden Handykamera.

Er sah zu den Jungs und hörte den einen, der als Letztes dazugekommen war, sprechen: »Ich werde den Typen finden, der Marcos entführt hat. Und wenn es das Letzte ist, was ich mache. Wer hilft mir?« Nur zögerlich kamen die Reaktionen der anderen. Zwei hoben die Hand in die Höhe, doch die meisten nippten an ihrer Bierflasche und ignorierten den Jugendlichen. Es war nur ein Moment der Unaufmerksamkeit, doch dieser brachte Sven in große Bedrängnis.

28

Samstag, vormittags

»Ich werde den Typen finden, der Marcos entführt hat. Und wenn es das Letzte ist, was ich mache. Wer hilft mir?«, hörte ich den Jungen sagen und wusste zu diesem Zeitpunkt, dass ich ihm genau diesen Wunsch erfüllen würde. Er würde mich finden dürfen. Und ich würde ihn zu seinem Freund bringen. Und zwar heute noch. Viel Zeit blieb mir nicht, denn ich konnte meinen Plan nur am Wochenende durchführen. Nur dann war ich vor den neugierigen Blicken geschützt. Schon jetzt bereute ich es, so schnell einen Jungen gefunden zu haben, denn meinen Plan, was ich mit ihm anstellen würde, hatte ich noch gar nicht vollendet.

Vielleicht war es nur eine Ahnung, die mich zwang, mich nach hinten zu drehen. Im Augenwinkel sah ich einen Mann mit braunen strubbeligen Haaren, der anscheinend ebenfalls die Jungs beobachtete. *Wie ekelhaft. Das ist sicher ein perverser Spanner,* dachte ich mir, stemmte meine Hände am Boden ab und sprang in der nächsten Sekunde auf. Der Mann starrte mich einen Moment an. So schnell konnte er nicht reagieren, da zog ich ihm meinen Rucksack über den Kopf. Ein dumpfes Geräusch ertönte, doch er sank nicht auf den Boden.

»Du Drecksack«, fluchte der Unbekannte, ballte seine Hände zu Fäusten und holte aus. Ich konnte gerade noch rechtzeitig ausweichen, sodass er nicht mein Kinn erwischte.

Hinter mir hörte ich eine Frau schreien: »Sven!«

Aha, Sven heißt du also, dachte ich, packte ihn an den Schultern und stieß ihn mit aller Kraft von mir weg. Er ruderte einen Moment mit seinen Armen, verlor das Gleichgewicht und kippte laut fluchend nach hinten.

Sofort schnappte ich mir meinen Rucksack, den ich fallen gelassen hatte, und rannte hinüber zur Fabrik. Von dort aus könnte ich mir einen Weg in die Freiheit bahnen. Da war ich mir sicher.

Keine fünf Minuten später kam ich bei meinem Auto an. Die letzten Meter ging ich langsam, um keinen Verdacht zu erregen. Vielleicht waren der Mann und diese Frau noch in der Nähe!

Noch ging mein Atem unregelmäßig, und ich keuchte. Vermutlich mehr durch das Adrenalin, das mir durch die Adern hetzte, als vor Anstrengung. Ich schwang meinen Rucksack auf die Rückbank und setzte mich hinters Steuer. Noch immer beschäftigte mich die Frage, was der Typ auf dem Gelände gewollt hatte. Suchte er etwa mich?

Doch das konnte ich getrost mit Nein beantworten. Wie sollte er auch wissen, wo ich war? Ich nahm an, dass es sich dabei um reinen Zufall gehandelt hatte.

Ich starrte durch die Windschutzscheibe hinaus auf den Parkplatz, hinaus auf das weite Sandfeld, und baute Luftschlösser. Einige Minuten verharrte ich regungslos. Dann holte ich mein Handy aus der Hosentasche hervor und schaute auf das Foto des Jungen, das ich heute gemacht hatte. Der sich nichts sehnlicher wünschte, als mich kennenzulernen. Ein Lächeln legte sich auf meine Lippen, und ein flauschiges, wohlbekanntes Gefühl zog durch meine Magengegend, als ich an ihn dachte und an den Spaß, den wir gemeinsam haben würden.

Ich hob meinen Blick und steckte den Autoschlüssel in das Zündschloss. Und plötzlich ... da waren die beiden ja wieder, die mir fast meine Tour vermasselt hatten. Schnell duckte ich mich und lugte zwischenzeitlich über das Lenkrad, damit ich sie weiterhin beobachten konnte. Wer waren die beiden bloß?

Sie stiegen in einen alten Opel ein, der am anderen Ende des Parkplatzes stand, und ich sah die Frau von vorhin am Steuer des Wagens sitzen. Und Sven, der seine Faust auf das Armaturenbrett krachen ließ. Die Aufschrift an der Seite des Autos, die mich protzig anlachte, machte mich stutzig. ›*El Espía – Detektivbüro S&J*‹

Eine Schnüffelnase, dachte ich. *Natürlich! Der beobachtet einen der Jungs. Wie lustig wäre es, wenn er den einen Teenie beschattet, den ich mir ausgesucht habe – oder besser gesagt, der mich wollte.* Ich schmunzelte bei dem Gedanken. *Für dich, mein Freund Sven, lass ich mir noch was Besonderes einfallen!*

»Na, dann wollen wir doch mal sehen, wo du hinfährst«, murmelte ich vor mich hin und folgte dem Auto in einigem Abstand.

Ich denke mal, ich habe eine neue Spielfigur gefunden und muss ein wenig die Regeln ändern. Für dich, lieber Sven, nur für dich.

29

Enrique – Samstag, vormittags

Enrique untermalte seine Worte mit energischen Gesten. Um jeden Preis würde er dieses Schwein finden, das Marcos entführt hatte. Er brauchte die Unterstützung der Clique, auch wenn ihm das nicht ganz in den Kram passte. Schließlich waren die Jungs hier nicht seine Freunde – eigentlich waren sie das Gegenteil.

Doch plötzlich erstarrte er, da sich unweit von ihnen zwei Männer einen Kampf lieferten. Mitten im Gebüsch. Auch der Rest der Clique reckte die Köpfe nach hinten. Nur einen kurzen Moment später rannten die Jungs los, umrundeten den Zaun, schlüpften durch das Loch und stürmten zu dem Mann, der am Boden lag. Eine Frau hatte sich über ihn gebeugt. Vermutlich seine Freundin. Der andere Mann war bereits geflüchtet und außer Sichtweite.

»*¿Qué pasó?*[14]«, rief Pepé und kniete sich zu dem Verletzten.

»Alles in Ordnung, Jungs«, sagte der Mann, und gemeinsam halfen sie ihm aufzustehen.

»Nichts ist in Ordnung«, sagte Pepé. »Was war das gerade? Wieso sind Sie überhaupt hier?

14   Was ist passiert?

Wollen Sie uns ausspionieren? Wer war der andere Typ, mit dem Sie sich gestritten haben?«

Enrique verschränkte seine Arme vor dem Oberkörper. *Na, auf die Antworten bin ich auch gespannt,* dachte er. Die anderen taten es ihm gleich. So ähnelten sie einer Mauer, die sich gefährlich vor dem Mann erhob.

»Jungs, ich bin Privatdetektiv. Mein Name ist Sven, und das ist meine Partnerin Jenny. Ich suche nach ... Marcos. Der war doch in eurer Clique, oder?«

»Ja, was wollen Sie von ihm?«, fragte Pepé, und seine Mimik war eisern wie eine Maske.

»Ich will euch nur helfen, ihn zu finden. Ich arbeite eng mit der Polizei zusammen und will herausfinden, was mit ihm passiert ist.«

Enrique schluckte, als Sven seinen Freund erwähnte. »Und wer war dann der andere Mann?«

Sven schaute zu ihm, und im ersten Moment sah Enrique, wie Sven mit einer Antwort haderte. »Ich weiß es nicht. Aber es kann gut möglich sein, dass er euch ausspionieren wollte.«

Enrique und auch den anderen Jungs stockte der Atem. Allen stand der Schock ins Gesicht geschrieben. »Das heißt«, sagte Enrique schlussendlich, »jeder von uns könnte sein nächstes Opfer sein? Sie glauben wirklich, dass dies der Entführer von Marcos war?« Er traute seinen Ohren kaum, als er aussprach, was er in diesem Moment dachte.

»Ja!«, sagte Sven und seufzte. »Bitte, tut mir den Gefallen und geht immer nur zu zweit. Niemals allein.«

Die Jugendlichen nickten zustimmend, doch Pepé baute sich vor Sven auf. »Wer sagt uns eigentlich, dass nicht Sie und Ihre Freundin etwas mit Marcos' Entführung zu tun haben?«

Sven holte seine Geldbörse aus der Hosentasche hervor, und einige Sekunden später hielt er den Jugendlichen einen verknitterten Zettel hin, der bestätigte, dass er als Privatermittler arbeitete.

»Ich werde in eurer Nähe bleiben und aufpassen, dass euch nichts passiert, okay?«, sagte Sven. Er wandte sich bereits zum Gehen, als er sich nochmals zu der Gruppe umdrehte. »Bitte geht nach Hause und bleibt dort. Es ist viel zu gefährlich im Moment. Ich weiß wirklich nicht, was dieser Mann will.«

30

Sven und Jenny – Samstag, vormittags/mittags

»So ein verdammtes Arschloch!«, fluchte Sven und schlug mit seiner Faust auf das Armaturenbrett. Mit der anderen Hand hielt er sich den Hinterkopf.

»Hör auf zu fluchen und ruf lieber Carlos an«, sagte Jenny. »Wenn der Typ wirklich die Clique beobachtet hat, dann müssen wir die Polizei informieren. Ich will nicht, dass einem der Jungs etwas passiert, nur weil wir uns nicht sicher waren. Verstehst du? Wir schaffen das nicht allein.«

Sven stutzte einen Moment. Daran hatte er noch gar nicht gedacht, aber jetzt, da Jenny es erwähnte, klang es schlüssig. »Meinst du?«, sagte er, doch dann verstummte er. Nur seine Gedanken kreisten in seinem Hirn wie Geier um totes Fleisch.

Jenny gab ihm mit dem Ellbogen einen leichten Stoß gegen den Oberarm. »Jaaaa!«

Sven zog sein Telefon aus der Hosentasche und wählte Carlos' Nummer. Nach dem dritten Läuten hob er ab.

»Hallo, Sven«, begrüßte Carlos ihn.

»Hey. Carlos, ich wurde gerade von irgendeinem Typen angegriffen. Ich glaube, er hat die Clique beobachtet. Also die, in der auch Marcos dabei war. Der Junge, der verschwunden ist.«

»Dann komm in zwei Stunden zu mir auf die Dienststelle.«

»Du verstehst anscheinend nicht richtig. Der Typ, der mir eine über den Kopf gezogen hat, sucht sich vielleicht schon sein nächstes Opfer. Und es ist gerade mal zehn Minuten her, dass sich dieser Psycho hier rumgetrieben hat.«

Sven hörte, wie Carlos ins Telefon seufzte. »Wo bist du jetzt?«

»Auf dem Weg nach Hause.«

»Dann beweg dich von dort nicht weg. Ich komm gleich zu dir.«

***

»Es ist genau so abgelaufen, wie ich es dir erzählt habe.« Sven drückte den Eisbeutel fester auf seinen Hinterkopf und schaute zu Carlos, der ihm gegenübersaß.

»Also, der Mann, der dich angegriffen hat, ist ein wenig kleiner als du selbst. Hat dunkelbraune Haare. Trägt Jeans und schwarze Turnschuhe. Und hatte ein schwarzes Basecap auf dem Kopf. Das ist nicht viel. Das ist dir schon klar, oder? Und Jenny stand einfach zu weit weg, als dass sie ihn identifizieren könnte.«

Jenny nickte zustimmend.

»Es ging einfach zu schnell«, erwiderte Sven, und ein leichtes Schwindelgefühl überkam ihn, das in Hammerschläge gegen seine Schädelwand überging. »Und sein Gesicht lag

106

im Schatten. Aber ich bin mir sicher, ich würde ihn wiedererkennen.«

»Ich hab die Kollegen informiert. Sie werden das Gebiet absuchen. Aber ich hab keine große Hoffnung, dass er noch dort ist. Das heißt, deine Observation ist nun beendet, oder wie? Die Jugendlichen haben sicher euren Kampf mitbekommen.«

»Nein, ich habe den Jungs erzählt, dass ich eng mit der Polizei zusammenarbeite und nur zu ihrem Schutz in der Nähe bin. Also kann ich mich nun offiziell dort aufhalten, wo die Clique ist, und muss mich nicht mehr verstecken.«

»Eng mit der Polizei zusammenarbeiten«, wiederholte Carlos und setzte ein schiefes Lächeln auf. »Mir wäre es lieber, wenn du dich aus meinen Fällen raushältst. Aber das sag ich dir ja nicht zum ersten Mal.«

Noch bevor Sven antworten konnte, piepte sein Handy, und eine Nachricht erschien auf dem Display.

›Ihm bleiben noch zwölf Stunden.‹

Ein wenig irritiert las er die wenigen Wörter. Dann schaute er auf den Absender. Die Nummer war weder in seinem Telefonspeicher noch war sie ihm bekannt. Plötzlich schoss es ihm wie ein Pfeil durch den Kopf. Fast hätte er vor Schreck das Handy fallen lassen. Im letzten Moment bekam er es zu fassen.

»Sven, was ist los? Alles okay?«, fragte Carlos. »Du bist plötzlich so weiß im Gesicht. Soll ich dir einen Krankenwagen rufen?«

»Ich ... ich weiß nicht«, stotterte Sven und drehte das Handy zu Carlos. Dieser entriss es ihm, und einen Augenaufschlag später griff er zu seinem eigenen Telefon.

»Ja, Cristiano«, sagte er. »Ich brauche eine Auskunft. Ich schick dir gleich eine Nummer, die überprüfst du. Des Weiteren lässt du sofort Streifenwagen vor den Wohnungen der Jugendlichen aus der Clique postieren. Nein, noch besser ist, dass alle abgeholt und aufs Revier gebracht werden. Dann meldest du dich bei mir, okay?«

Sven verfolgte das Geschehen um ihn herum. Carlos war währenddessen aufgestanden und ging nervös auf und ab.

»Ich kann es noch immer nicht fassen«, murmelte Carlos, während er die Telefonnummer abschrieb. »Dass du immer wieder mit diesen Psychos in Kontakt kommst. Du ziehst die ja fast schon magisch an. Woher hat dieser Typ deine Nummer? Wie ist das möglich?«

»Ich fass das auch nicht«, sagte Sven, und in seinem Kopf drehte sich alles. »Heißt das, in zwölf Stunden wird der nächste Junge entführt?«

Carlos schaute auf seine Armbanduhr. Kurz entglitten ihm die Gesichtszüge, und eine traurige Miene machte sich breit, die aber sofort wieder verschwand, als er zu Sven blickte. »In zwölf Stunden ist es Mitternacht. Ich befürchte, da passiert etwas Schlimmes. Anscheinend ist es ein Countdown, der höchstwahrscheinlich für den entführten Jungen mit dem Tod endet. Anders kann ich mir das nicht vorstellen. Aber ich werde das zu verhindern wissen. Schreib ihm ›*Wo bist du?*‹ zurück!«

Sven tippte die Nachricht ins Handy ein, doch auch Minuten später kam keine Antwort.

31

Samstag, mittags

Meine Finger zitterten noch, nachdem ich die Nachricht abgeschickt hatte. Das war, als hätte ich mir Heroin gespritzt, das sich explosionsartig in meinem Körper freisetzte. Genau nach so etwas Besonderem hatte ich die ganze Zeit gesucht. Warum war mir die Idee nicht schon früher gekommen? Das lag vermutlich daran, dass sich zuvor noch nie jemand für mich interessiert hatte und mir keiner zu nahe gekommen war. *Aber du, Sven, du wirst nun mit mir spielen.*

Es war ein Leichtes gewesen, Svens Handynummer herauszufinden. Prangte diese doch sehr einladend auf der Homepage der Detektei. Ich entfernte vorsorglich die SIM-Karte aus dem Handy und schaltete das Telefon aus. Man konnte ja niemals vorsichtig genug sein. Dieses Telefon war schon ewig in meinem Besitz, falls mal einer der Jungs kein Handy bei sich trug, was aber noch nie der Fall gewesen war. Ich verließ meinen Posten vor dem Komplex, in dem die Schnüffelnase mit seiner Freundin wohnte. Nun wurde es Zeit, mir den Jungen zu holen, der mich kennenlernen wollte. Somit parkte ich nur Minuten später vor der Wohnsiedlung. Ich wusste nicht genau, in welchem Haus er wohnte, doch hatte ich ihn schon des Öfteren hier gesehen, als ich Marcos überwacht hatte.

Und sollte die Polizei schneller hier sein als der Junge, würde ich mich vorerst geschlagen geben und mir ein neues Opfer suchen.

Ich ließ das Autofenster hinunter, denn dann könnte ich die Sirenen hören und von hier abhauen. Ich lauschte gespannt, doch außer dem Rauschen der vorbeifahrenden Autos vernahm ich nichts. Und dann sah ich ihn mit einem anderen Jungen den kleinen Hügel hinaufgehen. Ein einziger Gedanke kreiste in meinem Kopf: *Hoffentlich wohnen die beiden nicht zusammen in einem Block.* Es wäre um einiges schwieriger, aber auch machbar. Doch leider nicht jetzt. Durch diese Überlegung machte sich ein Gefühl der Traurigkeit in mir breit. Doch es verflüchtigte sich sofort, als der eine Junge die Hand hob und in einem der vorderen Wohnblöcke verschwand und *mein* starker Junge weiterging.

111

32

Enrique – Samstag, mittags

»Ciao«, sagte Enrique zu Pepé, als dieser sich von ihm verabschiedete und in das Gebäude ging, in dem er mit seiner Familie lebte. Enriques Kehle war staubtrocken, und der Schweiß stand ihm auf der Stirn. Doch diesmal hatte er vergessen, sich etwas zum Trinken mitzunehmen. Gut, der heutige Vormittag war sowieso anders abgelaufen als von ihm geplant. Zuerst die Jungs, die ihm nicht hatten helfen wollen, Marcos zu finden, und dann noch die beiden Männer, die sich geprügelt hatten. Vielleicht war die ganze Clique wirklich in Gefahr. Vielleicht hatte dieser Unbekannte die Gruppe beobachtet auf der Suche nach einem weiteren Opfer. Enrique überlegte, was er mit dem Rest des Tages noch anstellen könnte. Rausgehen war heute wohl keine Option mehr. Seine Mutter war nicht zu Hause, da sie arbeitete, und seine kleine Schwester spielte mit ihrer Freundin, der Nachbarstochter. Somit könnte er sich heute bis zum späten Nachmittag getrost am großen Fernseher im Wohnzimmer ein Videospiel nach dem anderen reinziehen.

Er kickte einen Kieselstein vor sich her und erschrak, als ein Schatten vor ihm auftauchte.

»Na? Ich habe gehört, du willst wissen, wo Marcos ist?«, sagte der fremde Mann, der wie aus dem Nichts vor ihm erschienen war. Enrique schaute ihm direkt in die braunen Augen. Noch bevor er etwas erwidern konnte, sprach der Fremde weiter. »Ich bin ein Freund von Marcos. Ihm geht es nicht gut, und er sagte, ich soll dich holen. Er hat große Angst vor der Polizei.«

Enriques Herz pochte gegen seine Rippen vor Aufregung. »Sie wissen, wo er ist? Warum versteckt er sich? Was hat er angestellt? «

»Er hat großen Mist gebaut, deswegen hat er solche Angst. Ihm geht es nicht gut, und er braucht jetzt einen Freund wie dich. Marcos wartet schon auf dich. Er wünscht sich nichts sehnlicher, als dass du an seiner Seite bist. Schließlich seid ihr doch Freunde, nicht wahr?«

Einen Moment zögerte Enrique, doch schob er sogleich seine Bedenken beiseite. »Ich sag nur schnell seiner Mutter Bescheid. Sie hat sich große Sorgen gemacht.«

»Nein, auf keinen Fall. Sie würde nur die Polizei mitbringen, und alles würde schlimmer werden, als es eh schon ist. Marcos soll dir das am besten selbst erklären.« Als der fremde Mann jedoch auf seinen hellgrauen Mercedes zeigte, kamen Enrique die Worte seiner Mutter wieder in den Sinn. *Steig niemals in das Auto eines Fremden ein!* Aber was sollte schon großartig passieren? Marcos brauchte ihn. Und der einzige Weg, ihm zu helfen, war, zu seinem Versteck zu fahren.

»Klar«, antwortete Enrique, und einen Augenaufschlag später saß er schon auf dem Beifahrersitz.

Der Mann startete das Auto und hielt plötzlich inne. »Du hast sicher Durst. Heute ist es ja wieder extrem heiß.« Er griff hinter seinen Sitz und holte eine Flasche Wasser hervor, die er ihm reichte.

»Danke«, murmelte Enrique, drehte den Verschluss auf und trank einen großen Schluck.

Sie fuhren vom Parkplatz, und Enrique spürte einen leichten Schwindel, der sich in seinem Kopf ausbreitete. Noch bevor er zu einem Satz ansetzen konnte, hüllte ihn die Schwärze ein wie eine Wolke. Er bekam das Sirenengeheul nicht mehr mit, das nur Sekunden nach seinem Knock-out zu hören war. Es war eine kurze Fahrt, und er war Marcos nun näher, als es ihm tatsächlich lieb sein würde.

33

Vor 31 Jahren

Schweigend gingen Onkel John und ich nebeneinanderher. Für heute war die Tat vollbracht – zumindest laut ihm. Ich empfand das eher als Schlag mitten ins Gesicht. Die Fragen kreisten in meinem Kopf wie in einer Endlosschleife. *Wieso töte ich jemanden, wenn ich doch keine Lust verspüren darf? Warum töte ich dann überhaupt? Das Ganze nur, damit das Gleichgewicht wieder stimmt?*

Meine Gedanken wurden jäh unterbrochen, als Onkel John mich ruckartig am Oberarm packte und hinter ein Gebüsch zerrte. Schlagartig war ich wieder im Hier und Jetzt, und mein Herzschlag hatte sich binnen Millisekunden verdoppelt. Wie der Trommelschlag bei einem Heavy-Metal-Song.

»Schtttt.« Er legte mahnend seinen Zeigefinger an die Lippen.

Ein lautes Lachen, gefolgt von einem Kichern, drang in meinen Gehörgang. Und da sah ich sie. Zwei Mädchen und zwei Jungen, vermutlich nicht viel älter als ich. Sie schlenderten gemütlich die Straße entlang. Im ersten Moment wunderte ich mich noch, warum die vier um diese Zeit überhaupt noch unterwegs waren, doch vielleicht war es einfach nur Schicksal, dass wir ihnen begegneten.

»Onkel John?«, flüsterte ich, so leise ich konnte. »Ist da ein starker Junge dabei? Was meinst du?«

Er musterte die Jungs genauer, schüttelte aber sogleich den Kopf. »Nein. Mit Sicherheit nicht.«

»Aber woher weißt du das?« Ich sah nochmals zu der Gruppe, die sich schon einige Schritte entfernt hatte. *Woran erkennt er das bloß?*

»Ich kann die Angst riechen. Und wir brauchen keinen Schwächling.«

Wir warteten noch einige Momente, bevor wir uns aus unserem Versteck wagten. Doch seine Worte hallten in meinem Kopf wider. *Ich kann die Angst riechen.*

Als hätte er meine Gedanken lesen können, gab Onkel John mir eine Antwort, die mich mehr verwirrte, als dass sie mir weiterhalf.

»Auch du wirst die Angst bald riechen können. Ich bring dir das bei. Du bist doch mein John-Boy. Du wirst der Erbe meines Vermächtnisses sein, denn du hast dich schon als würdig erwiesen.«

34

Sven und Jenny – Samstag, mittags

»Warum schickt der ausgerechnet mir eine Nachricht? Woher hat er überhaupt meine Nummer?«, fragte Sven halblaut und schaute Carlos an.

»Er will deine Aufmerksamkeit, ganz klar. Diese Psychopathen leben in ihrer eigenen Welt und suchen immer einen neuen Kick. Du bist ihm eindeutig zu nahe gekommen, somit hat er dich ins Visier genommen.«

»Denkst du, dass er gefasst werden will? Ich meine, er schickt mir eine Nachricht. Er muss doch wissen, dass man seine Nummer nachverfolgen kann.«

»Ja, an der Nachverfolgung sind wir dran. Und nein, der Täter denkt, er ist unfehlbar«, sagte Carlos. Als sein Handy läutete, hob er sofort ab. »*Mierda*[15]«, fluchte er. »Was heißt, der Junge ist nicht zu Hause?«

Sven beobachtete Carlos' Gesichtszüge, die mit einem Mal wie in Stein gemeißelt waren.

»*Vale!*[16]«, sagte Carlos und beendete das Gespräch. Seine Augen sprachen Bände. »Ich muss los.« Er wandte sich zur Tür, doch Sven sprang auf und stellte sich ihm in den Weg.

15   Scheiße
16   Okay

»Du sagst mir sofort, was los ist.«

Carlos rang wenige Momente mit sich selbst. Das konnte Sven deutlich sehen.

»Einer der Jungs war nicht zu Hause!«

»Das kann nicht sein. Ich hab allen gesagt, sie dürfen sich gegenseitig nicht aus den Augen lassen. Der Täter hatte ihn anscheinend schon, als ich die Nachricht bekam!« Sven schlug sich die Hand auf den Mund.

Ein Signalton erklang von Carlos' Handy. Er tippte auf das Display und drehte es zu Sven. »Kennst du diesen Jungen?«

»Ja! Der Junge hat heute vor den anderen gesprochen und um Hilfe gebeten. Er wollte Marcos finden und auch den Täter, der ihn entführt hat.«

»Natürlich. Das hat dem Entführer besonders imponiert.«

»Woher weißt du überhaupt, dass der Junge entführt wurde?«, fragte Sven. »Ich meine, nur weil er nicht zu Hause ist …«

»Weil wir alle anderen Jungs bereits haben«, unterbrach Carlos ihn. »Und weil einer der Teenager mit ihm nach Hause gegangen ist. Die beiden wohnen nur drei Wohnblöcke voneinander entfernt.«

»Hat die Mutter schon eine Nachricht bekommen?«

»Sven, das ist nun Polizeiarbeit. Wenn du eine neue Nachricht kriegst, dann meldest du dich, ja? Und du bleibst hier zu Hause. Ich will nicht, dass du dich in diesen Fall einmischst.«

118

»Natürlich mische ich mich nicht ein.« Svens Mundwinkel zuckte leicht. Das konnte er leider nicht verhindern.

»Ich glaub dir kein Wort. Halte dich fern! Ansonsten nehm ich dich einfach fest.« Mit diesen Worten verließ Carlos das Reihenhaus. Sven beobachtete ihn so lange, bis er mit seinem Auto fortfuhr. Kurz ließ er seinen Blick durch die Gegend schweifen, und das Blaulicht blitzte ihm entgegen.

»Komm. Wir fahren!«, sagte er zu Jenny und ging Richtung Haustür.

»Wo willst du hinfahren?«

»Dorthin, wo Carlos hinfährt.«

»Du sollst dich raushalten, hat er gesagt.«

»Das sagt er immer, und dann ist er doch wieder froh, wenn ich an seiner Seite bin.«

»Ob das so eine gute Idee ist, wage ich zu bezweifeln!«, sagte Jenny, folgte ihm aber in die Garage.

35

Samstag, mittags

Das Gefühl der Macht durchflutete und wärmte mich. Im Rückspiegel sah ich noch das Blaulicht der beiden Streifenwagen und bog um die Kurve. Es war wie ein Adrenalinstoß, der mich von einer Sekunde auf die nächste beflügelte. Noch nie war mir die Polizei so nahe gewesen, und doch hatten sie alle keine Ahnung. *Genial!* Am liebsten hätte ich mir selbst auf die Schulter geklopft. Einen kurzen Blick zur Seite später, als ich mich davon überzeugt hatte, dass der Junge durch die Drogen außer Gefecht gesetzt war, wandte ich mich wieder meinem Ursprungsgedanken zu, der Stunden zuvor noch meinen Geist beherrscht hatte.

Ist das der ultimative Kick, der mir zu meinem Glück noch gefehlt hat? Im ersten Moment hätte ich vermutlich genickt, doch allein wenn ich daran dachte, was ich alles mit dem Jungen anstellen konnte, stellte sich eine Gänsehaut auf meinem Körper auf. Es gab so unendlich viele Möglichkeiten, und diesmal würde ich nicht darauf verzichten. Auch wenn die Stimme in meinem Kopf mich davor warnte, dem Jungen etwas anzutun.

Ich spürte Onkel Johns Hände auf meinen Schultern und hörte seine eindringlichen Worte:

»*Niemals darfst du aus reiner Lust töten!*« Es war so echt, so real, so greifbar nah.

Plötzlich hupte jemand, und ich schrak auf. Tatsächlich war ich so in Gedanken versunken gewesen, dass ich in den Kreisverkehr eingefahren war, ohne auf den Verkehr zu achten. Ich hob entschuldigend meine Hand zu dem Autofahrer, dem ich die Vorfahrt genommen hatte, und bog ab. Doch schon Sekunden später war mein Hirn wieder am Rotieren, und die Zahnräder drehten sich.

Endlich hatte ich mein Ziel erreicht und parkte das Auto. Das Notfallhandy schmiss ich mitsamt der SIM-Karte in das Handschuhfach. Darum musste ich mich auch noch kümmern, aber da hatte ich schon eine Idee. Gedankenverloren blickte ich auf den Beifahrersitz. Der Junge würde noch ein wenig schlafen, somit hatte ich genug Zeit, mir etwas auszudenken.

Was soll es werden? Ein Messer? Ein Seil? Würde es mir reichen, wenn ich den Todeskampf in seinen Augen sehen würde? Könnte ich rechtzeitig aufhören, bevor ihm buchstäblich die Luft ausgeht, oder würde ich mich nicht zurückhalten können und ihn auf der Stelle töten müssen?

Ich zückte mein Handy und gab in die Suchmaschine ›*Foltermethoden*‹ ein. Vielleicht brachte mir ja das die richtige Idee. Doch schon einige Klicks später hatte ich die Lust daran verloren. Schläge, Tritte, Waterboarding – nein,

121

das war alles nicht das Richtige. Wenn, dann musste es das Ultimative sein. Nichts Normales, nichts, was jeder macht.

Ich hatte meinen Finger schon auf dem X, das die Seite schließen würde, da sah ich die Abbildung eines kleinen Käfigs. Neugierig las ich die wenigen Sätze, die dort standen. »Unnatürliche Körperhaltung verursacht am ganzen Körper Schmerzen«, murmelte ich vor mich hin. Doch sogleich schlug ich mir diesen Gedanken wieder aus dem Kopf. *Woher bekomme ich bloß so schnell einen Käfig her? Würde die Zeit überhaupt reichen, ihn damit zu quälen?* Seufzend legte ich das Handy zur Seite und starrte auf das Meer, das fast silbern im Sonnenschein schimmerte. Ich brauchte einen Einfall, der sich mit dem, was ich hatte, durchführen ließ. Doch die Idee blieb aus.

Am liebsten hätte ich einfach losgeheult. Es war wie damals, als der Junge einfach starb. Einfach so, ohne viel Aufsehen zu erregen. Als hätte Onkel John seine Finger im Spiel, als würde er meine Gedankenwelt noch immer beherrschen. Als würde er verhindern wollen, dass ich etwas Unrechtes tat. Wütend blickte ich gen Himmel. »Lass das«, schrie ich ihm entgegen. »Misch dich nicht mehr in mein Leben ein.«

Ich stieg aus dem Auto aus, rannte auf die Beifahrerseite und ließ den Jungen einfach auf den Boden fallen. An seinen Füßen schleifte ich ihn ins Gebäude. Mir war egal, ob er sich dabei

122

verletzte. Er musste dafür büßen, was Onkel John verhindern wollte. Und zwar heute noch. Ich ließ ihn liegen, mitten in dem Raum, in dem ich Stunden zuvor Marcos festgehalten hatte. Ich machte mir nicht mal die Mühe, ihn zu fesseln. Wutentbrannt schmiss ich die Tür hinter mir zu.

»Ihr könnt mich alle mal! Ich mach, was ich will!«, schrie ich in den leeren Gang hinein.

36

Enrique – Samstag, nachmittags

Enrique öffnete seine Augen. Im selben Moment wusste er, dass es ein Fehler gewesen war, zu dem fremden Mann ins Auto einzusteigen. Und vor allem, das angebotene Wasser zu trinken. *Wie dumm bin ich bloß, dass ich auf so einen alten Trick reinfalle?* Er sah sich in dem kleinen Raum um, doch es befand sich nichts darin außer unverputzten Wänden und einer Decke, die am Boden lag. Der Lichtschein kam von oben durch das geschlossene Dachfenster.

Verdammt, wo bin ich? Wie komm ich hier wieder raus?

Enrique stand auf, und ein ohrenbetäubendes Pfeifen erklang, das so schrill war, dass er sich sofort die Ohren zuhielt. Sein Kopf drohte wie ein Luftballon zu platzen, wenn dieser Ton nicht auf der Stelle aufhören würde. Er setzte sich auf den Boden und versuchte, seinen Kopf zwischen die Beine zu bekommen, damit er ein wenig geschützter wäre vor den Schallwellen, die ihm die Sinne raubten.

Doch so schnell, wie der Ton erklungen war, verschwand er auch wieder. Vorsichtig lugte er hervor, und nur ganz langsam nahm er die Hände von seinen Ohren. Dann drang eine Stimme aus dem Lautsprecher, die sich anhörte wie die eines Jungen in seinem Alter. »Ich begrüße dich zu deiner Aufgabe!«

Aufgabe?, hallte es in seinem Kopf nach. »Welche Aufgabe? Was meinst du?«, sagte er und richtete seinen Blick nach oben.

Doch die Antwort auf seine Frage blieb aus. Stattdessen setzte der schrille Ton wieder ein.

37

Sven und Jenny – Samstag, nachmittags

Eine kleine Menschenansammlung stand vor dem Wohnblock. Ein Gemisch aus Polizeibeamten und Frauen mit ihren Kindern. Sven hatte das Auto außerhalb der Siedlung geparkt und war mit Jenny die wenigen Schritte zu Fuß gegangen. Auf keinen Fall wollte er von Carlos gesehen werden. Ansonsten würde es Ärger geben, und das wollte Sven auf jeden Fall verhindern.

»Was willst du denn hier?«, fragte Jenny, die ein Stück hinter ihm ging, weil er so schnell rannte.

»Schauen.«

Sven stellte sich zu einer Gruppe dazu und erkannte sofort den Teenager, den sie heute in der Nähe der Zementfabrik getroffen hatten. Er hatte rot geweinte Augen und starrte in die Ferne. Der Polizist, der mit ihm sprach, drehte sich in diesem Moment von ihm weg, da eine besorgte Mutter wild gestikulierend auf den Uniformierten einredete und er versuchte, sie zu beschwichtigen.

Sven sah seine Chance, mit dem Jungen zu sprechen, und schlich sich an ihn heran. »Was ist passiert?«, flüsterte er mehr, als dass er sprach.

Der Junge blickte ihn mit ausdruckslosen Augen an. »Ich hab mich noch von Enrique verabschiedet. Er wollte nach Hause. Das sind doch nur wenige Schritte.« Tränen rannen ihm die Wangen hinunter. »Ich kann nicht verstehen, wieso er nun nicht da ist. Enrique und ich waren keine dicken Freunde, und doch hätte ich mich nicht von ihm trennen dürfen. So wie Sie es uns gesagt haben. Ich bin schuld.« Er tippte mit dem Zeigefinger auf seine Brust.

Sven spürte einen Stich in seinem Herzen. »Du hast keinerlei Schuld daran, okay? Der Täter hat hier anscheinend auf ihn gewartet. Du darfst dir deswegen keine Vorwürfe …« Er wurde jäh von Carlos unterbrochen, der ihn an der Schulter packte und von dem Jungen wegzerrte.

»Was verstehst du eigentlich nicht unter ›Misch dich nicht ein‹?«, sagte Carlos.

In diesem Moment kündigte Svens Handy eine neue Nachricht an, und er zog es aus seiner Hosentasche.

›Ticktack. *Ein kleines Rätsel für dich: Was ist in einem Moment ruhig und im anderen wild?*‹

Sven holte tief Luft. Carlos hatte anscheinend mitgelesen und riss ihm das Telefon aus der Hand.

»Scheiße«, murmelte Sven. »Was soll denn das bedeuten? Der Typ hat doch einen Vollknall!«

»Ruhe!«, sagte Carlos. »Lass uns darüber nachdenken.« Er drehte sich um, winkte seinen Kollegen Cristiano zu sich und zeigte ihm die Nachricht. Dieser schüttelte den Kopf.

»Keine Ahnung, was das zu bedeuten hat.«

38

Samstag, nachmittags

Ich schritt im Zimmer auf und ab und hoffte, dass ich eine Antwort von ihm bekam. Ich hatte meine Freude daran, Sven, die Schnüffelnase, auf eine falsche Fährte zu locken. Niemals könnte er diese Nachricht entschlüsseln. Den entscheidenden Hinweis würde ich ihm geben, wenn alles zu Ende war. Aber mir fehlte noch ein Junge, der mein Werk vollenden würde. Erst dann hätte ich es geschafft.

Doch zuallererst wollte ich endlich dem Tod so nahe wie möglich sein, ihn spüren, ihn riechen, ihn schmecken. So sehr war ich gespannt darauf, ob ich in den Augen des Jungen diesen berühmten Film des Lebens sehen könnte, der sich flackernd abspielte. Ich nahm das Seil, das direkt neben dem Monitor lag, und wand es in meiner Hand hin und her. Ich stellte mir vor, wie ich es Millimeter für Millimeter enger um den Hals des Jungen schnürte. Wie langsam, aber sicher seine Lebensgeister aus ihm wichen und zurückkamen, wenn wieder Sauerstoff in seine Lungen strömte. *Wie oft könnte ich dieses Spiel wohl spielen? Wie lange hätte ich Freude daran, bis ich das Seil nicht mehr würde lösen wollen?* Doch sogleich ermahnte ich mich im Geiste. Das durfte nicht passieren. Ansonsten hätte der Junge seine Aufgabe nicht erfüllt. Und das war es, was ich Onkel John an seinem Sterbebett hatte versprechen müssen. Das war die Bedingung!

Ich pfefferte das Seil auf den Betonboden. Es war einfach nicht das richtige Werkzeug für meine Zwecke. Zu sehr würde es mich in Versuchung führen, meinem Drang nachzugeben.

Ich schaute zum Monitor. Der Teenager saß auf dem Boden, den Kopf zwischen seinen Beinen, und versuchte, den Pfeifton nicht in seinen Gehörgang dringen zu lassen. Ich grinste, als ich den Lautstärkeregler ein klein wenig höher drehte und der Junge zuckte.

Ich selbst hörte das Pfeifen nicht. Mein Arbeitsraum war weit genug weg von ihm.

Ich starrte ins Freie und sah die Holzplatten. Da wusste ich, was ich zu tun hatte, um mir diese Befriedigung zu holen, nach der ich lechzte, und dennoch Onkel Johns Auftrag zu erfüllen. Speichel tropfte mir aus dem Mund bei diesem Gedanken, wie bei einem hungrigen Köter, der das Fleisch auf dem Teller roch.

39

Sven und Jenny – Samstag, nachmittags/abends

»Gleich ist es siebzehn Uhr«, sagte Sven und drehte seine leere Kaffeetasse in den Händen.

»Wir denken jetzt seit gut drei Stunden über die Bedeutung dieser Nachricht nach. Ich fürchte, damit kommen wir nicht weiter. Wir müssen uns einen anderen Anhaltspunkt suchen.« Jenny legte ihre Hände auf seine, nahm ihm die Tasse weg und stellte sie zur Seite.

»Das ist doch alles Scheiße. Wie sollen wir einen anderen Anhaltspunkt finden, wenn wir nicht mal wissen, wonach wir suchen sollen? Ich meine, wir haben einen Psycho und die vermissten Jungs. Vielleicht ist er ein Menschenhändler. Wir haben nur mehr sieben Stunden, und dann passiert wer weiß was!«

»Lass uns doch ein wenig spazieren gehen. Das hilft uns doch immer beim Denken, glaubst du nicht?«

Sven nickte zustimmend.

***

Sven sog die salzige Luft tief in seine Lungen ein. Jenny und er waren mit den Fahrrädern zu dem einen Kilometer entfernten Strand gefahren und schlenderten nun die Promenade von Arguineguín entlang. Sie wechselten kaum ein Wort miteinander, und jeder hing seinen Gedanken nach.

»Insgesamt sind es jetzt sechs Jungs, von denen wir sicher wissen, richtig?«, sagte Sven in die Stille hinein. Das Meer war heute ruhiger als sonst. Nur ein leichter Wellengang, der kaum hörbar war.

»Ja. Wieso ist das wichtig?«

»Weißt du, vielleicht sammelt unser Täter die Jungs. Es sind nur bestimmte Jugendliche in einem bestimmten Alter. Da muss es doch einen Zusammenhang geben, den wir im Moment noch nicht sehen. Vielleicht gibt es noch einen anderen Ablageort für die Leichen der Teenager, oder sie wurden auch ins Meer geschmissen und sind nicht mehr aufgetaucht.«

»Das hilft uns alles nicht, was du da so faselst«, sagte Jenny und stützte sich mit ihren Ellbogen auf das Geländer der Promenade. Sven tat es ihr gleich. Die Sonne spiegelte sich im Meer, und Sven genoss den Anblick, und vor allem die Ruhe. Doch diese wurde jäh von einem Partyboot unterbrochen, das mit lauter, wummernder Musik in den Hafen von Arguineguín einfuhr. Sogleich wurde auch das Meer unruhig, und die Wellen brachen sich an den Felsen unterhalb der Promenade. Mit lautem Getöse spritzten sie meterweit in die Höhe, und einige Tropfen trafen Sven am Unterarm. *Könnte das die Lösung sein?* Er starrte Jenny an, die nach wie vor in die Ferne sah.

»Es ist das Meer. Der Typ meint das Meer!«, drang es fast tonlos aus ihm heraus.

Jenny blickte ihn etwas verwirrt an, doch dann verstand sie, was er meinte. »Stimmt. Aber falls ich dich erinnern darf. Wir befinden uns auf einer Insel. Hier ist überall Meer. Ich glaube, der Täter will dich nur an der Nase herumführen.«

Doch Sven zückte sein Telefon und rief sogleich Carlos an. »*Hola,* Carlos. Ich glaube, ich habe die Nachricht entschlüsselt.«

»Dann erzähl mal«, kam es barsch. Im Hintergrund raschelte Papier.

»Es geht ums Meer. Der Täter meint, das Meer ist in einem Moment ruhig und im anderen wild.«

»Toll«, sagte Carlos und schwieg.

»Soll ich ihm eine Nachricht zurückschreiben? Weißt du schon, wo der Typ ist? Konntest du das Handy orten?«

»Ja, das Handy wurde im Norden der Insel geortet. Ich bin dahin unterwegs. Du schreibst im Moment nicht zurück. Wir schnappen uns den Kerl gleich.«

»Carlos, bitte gib mir dann sofort Bescheid, ja?«

»Ja. Melde mich später.« Mit diesen Worten war das Gespräch beendet.

»Er hat einfach aufgelegt«, sagte Sven zu Jenny. »Ich schreibe dem Typen nun einfach die

Antwort. Vielleicht kriegen wir einen neuen Hinweis, der uns ein Stück weiterhilft.«

Noch bevor Sven die Nachricht eintippen konnte, entriss Jenny ihm das Handy. »Bist du irre? Willst du auf diese Psychospiele eingehen?«

»Klar, wieso denn nicht? Wenn es Anhaltspunkte liefert, spiele ich gerne mit dem Typen ein Spiel.«

»Nein, ganz sicher nicht. Ich stecke das Handy jetzt weg, und gut ist. *Du* kriegst es heute sicher nicht mehr in die Hände.«

»Ich bin erwachsen. Kann und darf selbst entscheiden«, schnaubte er ihr entgegen. Er griff sich an den Hinterkopf, da die Beule wieder zu pochen begann.

Doch Jenny ließ sich nicht davon abbringen und steckte das Telefon in den kleinen Rucksack, den sie immer mithatte, wenn sie spazieren gingen. »Ich bin mir sicher, Carlos hat auch nicht zugestimmt. Also, hör nun auf herumzuspinnen. Lass uns lieber die Zeit hier genießen. Wir machen das viel zu selten.«

Das stimmt wohl, dachte Sven, und seine aufkeimende Wut war im Nu erstickt, als er wieder aufs Meer blickte. Doch seine Gedanken hingen weiter wie Regenwolken über ihm. Plötzlich hörte er hinter sich ein Klicken, gefolgt von einem weiblichen Kichern. Er drehte sich um und sah einen Mann, der Fotos von einer Frau machte. Soeben gab er seinem Model Anweisungen, sich in Pose zu werfen. »Sag mal.

Wissen wir schon, wie viele Fotografen, die Fotoshootings machen, hier in der Nähe sind?«

»Fünf Studios hab ich gefunden. Also zumindest auf den ersten Blick. Denkst du, einer von denen ist der Täter?« Auch Jenny hatte ihren Blick vom Meer genommen und schaute den beiden bei ihrer Arbeit zu.

»Ich weiß nicht. Aber das hat Carlos sicher schon alles überprüfen lassen. Meinst du nicht?«

»Mit Sicherheit sogar.«

40

Samstag, nachmittags/abends

Der Schweiß tropfte von meiner Stirn, einerseits von der Anstrengung, andererseits von der Wärme. Es war wieder einer der Tage, an dem der Wüstensand von Afrika bis hierher auf die Kanaren kam. Und mit ihm die Hitze, die kein Erbarmen kannte, weder mit Menschen noch mit Tieren. Kein Erbarmen mehr! Das war genau der richtige Weg, auch für mich.

Ganz genau hatte ich die Platte abgemessen, zugeschnitten und präpariert. Aber nun war mein Kunstwerk fertig. Es fehlte nur noch der Junge, der als Schmuckstück dienen sollte. Als Besonderheit, die meine Arbeit einzigartig machte.

Ich ging zurück in meinen Raum, und ein Blick auf den Monitor genügte, um mich über mich selbst zu ärgern. Ich sah, wie der Junge an die Tür hämmerte und vermutlich schrie. Ich hätte ihn doch weiter unter Drogen setzen sollen oder zumindest fesseln. Ein angenehmes Kribbeln überkam mich, als mir klar wurde, dass ich ihm nun wehtun könnte. Dürfte. Wollte. Sofort waren wieder all die Bilder in meinem Kopf präsent, die ich als Kind im Fernsehen gesehen hatte. Ich genoss das Kino einige Momente lang, und die Bilder von abgehackten

Körperteilen bis hin zum langsamen Ausbluten zogen vorbei. Ich schüttelte den Kopf, als ich begriff, dass ich das alles nicht tun dürfte. Er durfte nicht beschädigt werden und musste leben, bis zu dem Zeitpunkt, an dem er seine Aufgabe erfüllt hatte. Es war ein ungeschriebenes Gesetz, und in diesem Moment bereute ich es, mich daran halten zu müssen. Doch ich wusste, sonst würde alles in sich zusammenstürzen wie ein Kartenhaus im Sturm.

Noch immer starrte ich auf den Bildschirm. Seine Kräfte ließen anscheinend nach, denn das Hämmern mit den Fäusten wurde langsamer. *Wie kann ich ihn überwältigen?*

Mein Blick fiel auf die kleinen Pillen, die ich mir schon vor langer Zeit besorgt hatte. *Soll ich ihm einfach eine ins Zimmer schmeißen? Würde er sie einnehmen?*

Ich griff zum Mikrofon. »Du gehst von der Tür weg, und ich bring dich zu deinem Freund Marcos. Ist das ein Deal?«

Zuerst erstarrte der Junge, doch sogleich trat er zurück. Die Spiele konnten beginnen!

41

Enrique – Samstag, nachmittags/abends

Als die Stimme aus dem Lautsprecher ertönte, ging Enrique einige Schritte zurück, bis er hinter sich die Wand unter seinen Fingern fühlte. Er fixierte die Tür mit seinem Blick. Sollte er es wagen, den Täter zu überwältigen, sobald die Tür aufging? Oder würde es alles nur schlimmer machen, wenn sein Plan scheiterte? Sein Herz pochte wild in seinem Brustkorb, und er hatte das Gefühl, dass es gleich seinen Oberkörper sprengen würde. Das Blut rauschte in seinen Ohren.

Was sollte er bloß tun? Was war die richtige Entscheidung? Tränen quollen aus seinen Augen. Angst und Wut vollführten in ihm einen Kampf. Wer würde gewinnen? Würde ihm das die Antwort auf seine Frage bringen?

Die Tür öffnete sich einen Spalt. Auf den ersten Blick sah es aus wie ein Papierkügelchen, das in den Raum flog. Hinterher rollte eine Flasche Wasser. Dann schloss sich die Tür wieder. Die Schritte auf der anderen Seite wurden leiser, bis er sie gar nicht mehr hörte. Trotzdem starrte er noch immer auf die Tür.

Wasser? Nee, mein Freund, das trinke ich sicher nicht. Das wurde mir schon einmal zum Verhängnis, dachte Enrique, allerdings wurden seine Gedanken von dem Knacksen im Lautsprecher unterbrochen.

»Nimm die Tablette und trink das Wasser. Ich hole dich gleich, dann bist du bei deinem Freund.«

»Nein, ganz sicher nicht, du kranker Mistkerl.« Er verschränkte die Arme vor der Brust und lehnte sich an die Wand. *Auf keinen Fall mache ich, was du mir sagst!*

»Nimm es, und du darfst zu Marcos, oder ich häute dich bei lebendigem Leib!«, schrie die Stimme aus dem Lautsprecher.

Ein Gruseln überfiel Enrique und ließ ihn erschaudern. Allein den Gedanken daran, diese Qual bei vollem Bewusstsein ertragen zu müssen, konnte er sich kaum vorstellen. Er dachte an den einen Abend, an dem er bei Marcos übernachtet hatte. Die beiden hatten sich einen Horrorfilm angeschaut – natürlich mitten in der Nacht und ohne das Wissen der Mutter. Den Opfern wurden Teile der Haut als eine Art Trophäe herausgeschnitten. Enrique war noch viele Nächte nach diesem Film schweißgebadet aufgewacht. Manchmal war sogar das Bett nass gewesen. Doch diesmal war es keine Produktion irgendeines kranken Kopfes, sondern die Realität.

Langsam schlich er sich an das Papierkügelchen heran, hob es vom Boden auf und packte es aus. Eine kleine Tablette lag in seiner Handfläche. Ein Smiley war eingestempelt, der ihn fröhlich anlachte.

Drogen. Er will mich unter Drogen setzen.
Konnte er es schaffen, nur so zu tun, als würde er sie einnehmen? Er musste bei klarem Verstand bleiben, ansonsten kämen er und sein Freund nie aus dieser Hölle hier heraus. Vorsichtig formte er einen leichten Ballen, und die Pille wurde durch die zusammengepresste Haut festgehalten. Nun hob er die Hand zum Mund und schluckte kräftig. Schließlich sollte doch alles echt aussehen. So unauffällig wie möglich ließ er die Tablette in seiner Hosentasche verschwinden.

Sein Blick fiel auf die Wasserflasche. Wenn der Mann ihm Drogen in Tablettenform gab, dann würde hoffentlich das Wasser nicht auch mit solchen Mitteln versetzt sein. Er bückte sich nach der Flasche, hob sie auf, atmete einmal kräftig durch, als er merkte, dass sie original-verschlossen war, dann trank er davon.

»So«, sagte er in Richtung des Lautsprechers. »Ich hab meinen Teil erfüllt. Was ist nun mit deinem Teil der Abmachung? Wann darf ich zu Marcos?«

Doch eine Antwort bekam er nicht darauf. Er ließ sich auf den Boden sinken und streckte seine Füße aus. Erst vor Kurzem waren Drogen in der Schule ein Thema gewesen. Zwanghaft versuchte er, sich daran zu erinnern, worum genau es sich bei der Pille handeln könnte. Denn das Schauspiel, das er abziehen wollte, musste täuschend echt rüberkommen.

Circa eine halbe Stunde dauert es, bis die Droge im Blutkreislauf angekommen ist. Zumindest bei Tabletten, entsann er sich. Vielleicht war es Speed? Ecstasy? Crystal Meth? Okay, diese Überlegungen brachten ihn nicht weiter, die Lehrerin hatte erklärt, dass man dies nicht von dem Aussehen der Tabletten abhängig machen konnte. Somit dachte er nach, welche Wirkung alle gleich hatten. *Was muss ich tun, damit der Mann mir glaubt, dass ich seine Drogen genommen habe?*

Halluzinationen! Hatten das nicht alle gemeinsam? Die ganze Klasse hatte darüber gelacht, als die Lehrerin meinte, man könne dann Farben hören und Töne riechen. Jetzt fand er das bei Weitem nicht mehr lustig. Oder war das nur bei LSD der Fall? Für einen kurzen Moment schloss er die Augen, um seine Gedanken zu sortieren. *Es gibt einen Ausweg, und ich werde ihn finden.*

42

Sven und Jenny – Samstag, abends

Noch immer rumorte es in Sven, wenn er an die Nachricht des Entführers dachte. Er hatte die Botschaft entschlüsselt! Wollte der Typ das nicht so? Carlos hatte noch keine Nachricht geschickt, dass sie den Täter geschnappt hatten. Somit schien es für ihn fast so, als wäre dieser Psycho entkommen und wartete nun auf seine Antwort. Er starrte auf den Fernseher, der irgendeine endverblödete Serie spielte. Normalerweise schaute er sich so etwas nicht an, doch heute war er sowieso im Geiste woanders, da war es egal, was auf der Mattscheibe lief.

»Schatz? Kannst du mal schnell runterfahren zum Sparmarkt? Ich brauch noch Käse für den Nudelauflauf.« Jenny stand am Herd, die Kochschürze um ihre schmale Taille gebunden, und briet Hackfleisch an. Sie schaute kurz zu ihm, bevor sie mit dem Kochlöffel wieder in der Pfanne rührte.

Er wollte schon erwidern, dass er absolut keine Lust darauf habe, jetzt noch irgendwohin zu fahren, und dass dieses Gericht sicher auch ohne Käse gut werden würde, doch da kam ihm die Idee. Er sprang vom Sofa auf. »Klar, ich fahr mit dem Rad runter. Kannst du mir bitte mein

Handy geben, falls dir noch etwas einfällt, was wir sonst noch brauchen?« Er zwinkerte ihr zu und hoffte, dass sein Plan aufging. Und tatsächlich. Sekunden später hielt er das Telefon in den Händen.

»Fahr vorsichtig«, hörte Sven noch, bevor die Tür ins Schloss fiel und er in die Garage zu seinem Fahrrad ging. Sofort machte er die Nachricht auf und tippte das Wort ›Meer‹ in das Textfeld. Aufregung entstand in seinem Inneren bei dem Gedanken daran, dass er es nun getan hatte. Er hatte sich über Carlos und über Jenny hinweggesetzt. Schließlich war das nicht der erste Psychopath, der mit ihm in Rätseln kommunizierte. Man könnte fast schon behaupten, er war ein Profi in diesen Dingen.

Zufrieden mit sich selbst fuhr er den Berg hinunter. Der Wind blies ihm kalt ins Gesicht. Auch wenn es tagsüber angenehm warm war, wurde es am Abend, wenn die Sonne unterging, frischer. Er war froh, dass er seine rote Windjacke mit der norwegischen Flagge am Oberarm – ein besonderes Geschenk von seinem Nachbarn – noch schnell übergezogen hatte.

Auf halber Strecke erklang ein Piepton. Svens Herz setzte fast aus bei dem Gedanken, dass es sich hierbei um eine weitere Nachricht des Entführers handeln könnte. Er ließ die Bremsen quietschen, blieb stehen und holte das Handy heraus.

›Gut gemacht, Sven!‹

Er musste kräftig schlucken, als er die Nachricht gelesen hatte. Klar, einerseits wollte er die Jungs retten, doch andererseits hatte er es mit einer Entführung zu tun. *Wer weiß, wozu dieser Mann noch fähig ist?* Er erinnerte sich an den Psycho, der die Hände seiner Opfer an den abgehackten Kopf angenäht hatte. Das war erst vor Kurzem geschehen, und auch da war er zur Zielscheibe eines Mörders geworden. Die Schießerei am Strand, die Carlos um ein Haar das Leben gekostet hätte. Oder die Entführung von Jenny. Welche Ängste und Sorgen er da ausgestanden hatte!

Nun war er sich doch nicht mehr so sicher, ob es eine gute Idee gewesen war zu antworten. Doch für Reue dieser Art war es nun zu spät. Es gab kein Zurück mehr!

Mit pochendem Herzen und aufkeimendem schlechtem Gewissen fuhr er weiter und hielt direkt vor dem Sparmarkt im Ort. Sein Fahrrad sperrte er sorgfältig ab, dann trat er über die Schwelle des Geschäfts. Doch das mulmige Gefühl blieb an ihm haften wie Sekundenkleber.

43

Samstag, abends

Vor Freude hatte sich mein Herzschlag von einem Moment auf den nächsten verdoppelt. Er hatte das Spiel angenommen. Nun galt es, meine neue Spielfigur auf das Spielbrett zu bekommen. *Aber wie? Wie soll ich das machen? Ohne ihm gleich alles zu verraten? Würde er vielleicht der Letzte sein, der für dieses Projekt eine Aufgabe übernimmt?*

Ich überlegte einen Moment. Das Bild von der Schnüffelnase holte ich mir direkt vor mein geistiges Auge. So alt war er doch noch nicht, oder? Vielleicht vierzig oder so. Könnte er nicht anstelle eines Jungen stehen? Hatte Onkel John diesbezüglich etwas gesagt? Ich versuchte, mich zu erinnern, doch kam mir nichts dergleichen in den Sinn. Er musste nur stark sein, und das war Sven mit Sicherheit.

Somit schmiedete ich einen Plan, wie ich Sven hierherlocken könnte. Wobei natürlich die Gefahr bestand, dass er die Polizei mitbrachte. Es kribbelte in meinen Fingerspitzen. Das war der Kick, den ich gebraucht hatte. Adrenalin schoss durch meine Venen, und eine Mischung aus Stärke und Überlegenheit ließ mich vor Vorfreude erschaudern. Ich kicherte.

»Oh ja!«, entfuhr es mir. Das hatte ich mir gewünscht. Doch bevor ich ihm das nächste Rätsel stellen konnte, würde ich mir noch einiges überlegen müssen. *Wie kann ich von hier schnellstmöglich flüchten? Wie kann ich das Schnüffelnäschen überwältigen, ohne großartig Schaden an seinem Körper anzurichten?*

Als ich hinausschaute, war der Fluchtweg sofort in meinem Kopf präsent. Dies war die einzige Möglichkeit, zu entkommen, falls etwas schieflief. Wobei ich das nicht hoffte. Schließlich hatte ich doch noch mein Projekt fertigzustellen.

Zuerst wäre der Junge an der Reihe, dann würde ich mir Sven schnappen. Trotz des Hochgefühls in mir ermahnte ich mich zur Eile.

44

Enrique – Samstag, abends

Lange hatte er hin und her überlegt, wie er sich seinem Entführer gegenüber verhalten sollte. Er wollte hier raus, das stand fest. Und er musste Marcos finden. Noch nie hatte Enrique Drogen genommen, somit konnte er nur erahnen, was für einem Rausch er erliegen würde, wenn er die Pille eingenommen hätte. Die Sonne war bereits untergegangen, und im Raum wurde es von Minute zu Minute dunkler. Wie lange wollte der Mann ihn hier noch warten lassen? Enrique verharrte weiterhin auf dem Boden. Momentan galt es, keine Aufmerksamkeit zu erregen. Gerade als er seine Sitzposition verändern wollte, öffnete sich die Tür, und sein Herz donnerte wild gegen seinen Brustkorb. Der Scheinwerfer schien hell in den Raum, und Enriques Augen begannen zu tränen.

»Komm«, sagte der Mann, den er nicht erkennen konnte, denn das Licht blendete seine Augen. Doch aufgrund der Stimme musste es sich um denselben Mann handeln, der ihn in das Auto gelockt hatte.

Enrique stand ruckartig auf und bewegte sich schwankend vorwärts. Das hatte er mal bei seinem Vater gesehen, wenn dieser zu tief ins

Glas geschaut hatte. Vielleicht sollte er auch noch undeutlich sprechen? Doch diesen Gedanken verwarf er gleich wieder. Gar nicht zu sprechen wäre vermutlich die bessere Lösung. Anstandslos ließ er sich die Treppe hinaufführen, und plötzlich erkannte er, wo er war. Sie befanden sich auf der Baustelle, wo das neue Resort errichtet wurde. In einem der etlichen Rohbauten auf dem Gelände. In der Ferne erkannte er den Ort, an dem sich die Clique immer aufhielt.

Sollte er versuchen zu schreien? War jemand von den Jungs hier in der Nähe? Doch auf den ersten Blick sah er keine Menschenseele. Kein Wunder, meist war hier niemand mehr, wenn es Nacht wurde. Sein Magen grummelte laut. *Jetzt wäre Zeit für das Abendessen,* dachte er und zeitgleich auch an seine Mutter, die sich vermutlich Sorgen machte, da er noch immer nicht zu Hause war.

Der Mann hielt ihn am Oberarm fest und führte ihn Richtung Meer hinunter. Überall lagen Holzbalken, schwere Gerätschaften und Eisenmatten herum, und er musste aufpassen, nicht zu stolpern. Enrique roch das Salz in der Luft, und das Wasser rauschte über die Steine mit lautem Getöse.

Im nächsten Moment kehrte Stille ein und mit ihr die Furcht, die wie ein kalter Regenguss aus dem Nichts kam und ihn erschaudern ließ. Der Fremde zog ihn drei Stufen hinauf und schubste ihn durch die Öffnung der hüfthohen, zu einem

147

Kreis geformten Mauer auf dem Betonplateau. Drei dicke Säulen durchbrachen die Brüstungsmauer. Der Mann zog ihn zu einem Holzkasten, der dieselbe Höhe und Rundung wie die Mauer hatte. Direkt daran schloss eine breite Verschalung an, die ungefähr dieselben Ausmaße hatte wie die Säulen. Der Mann kam Enrique so nah, dass sich eine Gänsehaut auf seinem gesamten Körper aufstellte. Keine Frage, er sollte in den Kasten steigen und darin elendig verrecken. Aber das würde er um jeden Preis verhindern.

Doch bevor Enrique sich überlegen konnte, wie er ihn überwältigen und sich aus seiner prekären Situation befreien könnte, zog der Mann einen Lappen aus seiner Hosentasche und drückte ihn Enrique auf Mund und Nase. Ein widerlicher Gestank drang in ihn ein, und Enrique schlug wild um sich. Er erwischte das Gesicht des Mannes und presste die Fingernägel in dessen Wange. Doch der Mann stemmte sich mit seinem Gewicht gegen Enrique, sodass er fast das Gleichgewicht verlor. Enrique schlug wie wild auf den Rücken des Mannes ein, doch seine Kräfte ließen nach.

Bunte Punkte flackerten vor seinen Augen auf, und ihn überkam ein Schwindel, der seine Knie schwammig machte.

»Du hast dich also nicht an die Abmachung gehalten? Warum hast du nicht die Pille genommen, die ich dir gegeben habe? Nun wirst du mit jeder Pore deines Körpers den Schmerz

148

erleben. Ich freue mich drauf. Das kannst du mir glauben.«

Er hörte noch die Worte, bevor er in ein tiefes schwarzes Loch fiel und erst durch das Brennen auf seiner Haut wieder aufwachen würde.

45

Jenny und Sven – Samstag, spät abends/nachts

Sven kaute beinahe wehmütig den letzten Bissen Nudelauflauf. Es war tatsächlich eines seiner Leibgerichte. Dazu gab es Gurkensalat. Allerdings nicht mit Essig und Öl, sondern mit Schmand, Knoblauch und Kernöl. Er holte sich einige Gurkenscheiben aus dem grünen Sud und musste grinsen bei der Erinnerung, die er damit verband.

Es war kurz, nachdem er Jenny kennengelernt hatte – oder wie man das auch immer nennen wollte –, da war ein sogenanntes Carepaket von seiner Mutter bei den beiden angekommen. Darin befanden sich lauter österreichische Köstlichkeiten, wie Manner-Schnitten, Mozartkugeln und eben auch eine Flasche des aus Kürbiskernen gepressten Öls. Jenny hatte noch nie Kürbiskernöl probiert, und so machte Sven seinen heiß geliebten Gurkensalat. Noch bevor sie den ersten Bissen gekostet hatte, verzog sie den Mund und legte ihre Stirn in Falten. Es sah fast so aus, als würde sie gerade in einen sauren Apfel beißen. Doch änderte sich ihre Mimik, als sie die Gabel in den Mund schob. Sven musste so lachen. Von diesem Tag an gab es diesen Salat regelmäßig.

Satt lehnte er sich zurück. »Das war echt großartig. Du bist fast die beste Köchin, die ich kenne.«

Doch anstatt dass Jenny sich darüber freute, ein Kompliment bekommen zu haben, sagte sie: »Da kommt noch was. Du schaust schon wieder so.«

Sven setzte sich aufrecht hin und grinste. »Nein, ernsthaft. Du bist fast die beste Köchin. Bis auf Julia halt.«

»Okay. Das kann ich so hinnehmen. Und Julia bietet schließlich ihre Speisen im Restaurant an. Somit kann ich damit nicht konkurrieren.«

»Also, kannst du dich nun über das Kompliment freuen? Du bist doch mein Schatzi.« Er stand auf, ging zu ihr und drückte ihr einen innigen Kuss auf. Dann nahm er die Teller vom Tisch und räumte sie in den Geschirrspüler ein. Das war so eine Art Tradition geworden. Jenny kochte, Sven räumte auf.

Er hängte nach Beendigung der Hausarbeit das Geschirrtuch an den Haken zurück und setzte sich zu Jenny auf die kleine Couch, die auf der Terrasse stand. Sie hatte ihm bereits seine Schmerztablette hingelegt, die er aufgrund seines noch immer pochenden Schädels einnahm. Er legte ihre Füße auf seine Oberschenkel und fing an, sie zu massieren. Sie selbst las in der neuesten Ausgabe der *Viva Canarias*. Sie hielt die Zeitschrift vor ihr Gesicht, doch er hörte an einem leisen Seufzer, dass es ihr guttat.

Er schaute auf die alte Zementfabrik, die als Titelbild abgebildet war, und dachte an den Mann, der ihm eine verpasst hatte. Was hatte er übersehen? Woran konnte er sich genau erinnern? Was war in seinem Unterbewusstsein gespeichert, was noch nicht an die Oberfläche getreten war? Hatte ihn sein jahrelanger polizeilicher Spürsinn verlassen?

Er holte sich die Erinnerungen an den Kampf vor sein geistiges Auge zurück. Krampfhaft konzentrierte er sich. War da ein Merkmal im Gesicht des Mannes gewesen? Eine Narbe? Eine Verletzung?

»Warum hörst du auf?«, sagte Jenny und legte das Magazin zur Seite.

»Entschuldige. Aber ich versuche, mich an den Mann zu erinnern, der die Clique fotografiert hat.«

»Und?«, sagte Jenny, nahm ihre Füße von seinem Schoß und setzte sich im Schneidersitz hin. »Ist dir noch etwas eingefallen?«

»Ich weiß nicht. Da war so eine Art Schatten unter seinem Auge. Aber das könnte alles Mögliche gewesen sein. Das kann ich mir auch einbilden. Du weißt ja, wie das ist mit den Personenbeschreibungen. Befrag fünf Zeugen nach einem Überfall, und du hast fünf verschiedene Gesichter inklusive Größenangabe und Haarfarbe.« Sven lachte.

»Hast du das Carlos gesagt? Also das mit dem Fleck?«

»Nein. Das ist mir doch erst eben gerade wieder eingefallen, als ich intensiv darüber nachgedacht habe. Meine Kopfschmerzen lassen gerade ein wenig nach, und ich kann wieder klarer denken. Davon abgesehen kann das auch durch die Sonneneinstrahlung gewesen sein, oder vielleicht war es nur Schmutz. Sein Gesicht lag doch im Schatten des Basecaps.«

»Werden wir ja bei einer Gegenüberstellung sehen, meinst du nicht? Der Typ wird ja hoffentlich bald gefasst werden. Das kann doch nicht sein, dass er unbemerkt unter uns lebt.«

Svens Telefon piepte. Er erschrak, als er daran dachte, dass es sich hierbei um eine neue Nachricht des Entführers handeln könnte. Sofort meldete sich sein schlechtes Gewissen, das er doch bisher mit Erfolg hatte verdrängen können. Er griff in seine Hosentasche, zog sein Handy hervor, und der Name ›Stefanie‹ stand wie anprangernd auf dem Display. Die hatte er ja völlig vergessen. Das war im Trubel um die Jugendlichen untergegangen.

»Schatz? Was hast du denn?«, fragte Jenny und rückte näher zu ihm. »Stefanie ... Ist das nicht deine Schwester?«

Sven erwiderte nichts, sondern las die Nachricht laut vor. »Lieber Sven. Bitte melde dich doch bei mir. Ich brauche dich.«

»Ja, dann schreib ihr doch. Klingt dringend.«

»Es ist bei Stefanie immer dringend. Sie braucht sicher wieder Geld. Und nach dem, was

153

damals passiert ist, will ich ihr nicht mehr helfen.« Er seufzte.

»Sven! Sie ist deine Schwester! Wenn meine Schwester vor der Tür steht und Hilfe braucht, bin ich immer für sie da.«

»Du kennst doch die Geschichte gar nicht.«

»Dann erzähl sie mir. Ich bin ganz Ohr.«

Sven überlegte einige Momente, wie er überhaupt beginnen sollte. »Meine Schwester und ich waren immer ein Herz und eine Seele. Ich war doch der große Bruder, der immer auf sie aufgepasst hat. Sie wohnte noch zu Hause in der Obersteiermark bei Mutter. Doch eines Tages wurde sie schwanger von einem dunkelhäutigen Mann, einem Afrikaner. Allein die Beziehung zu einem Schwarzen war für meine Mutter schon wie ein rotes Tuch für einen Stier.« Er legte eine Pause ein. Als er nach wenigen Momenten noch immer schwieg, hakte Jenny nach.

»Ja, also? Und weiter? Das war doch noch nicht alles.«

»Mutter wollte, dass Stefanie das Baby abtreiben lässt. Ihrer Meinung nach wäre es nicht gut für den Ruf der Familie Wagner, ein schwarzes Baby zur Welt zu bringen. Als sich meine Schwester weigerte, stellte meine Mutter sie vor die Wahl: entweder die Familie oder das Baby. Verstehst du? Wie krank kann eine Mutter sein, die von ihrer eigenen Tochter so etwas verlangt? Stefanie rief mich in ihrer Verzweiflung an, und ich nahm sie bei mir auf,

154

obwohl ich nur eine Einzimmerwohnung in Leoben hatte. Als meine Mutter das rausbekam, hat sie uns einen Brief geschrieben, in dem stand, dass wir beide, also Stefanie und ich, nicht mehr zu ihrer Familie gehören und wir uns von ihr fernhalten sollen.«

»Krass. Aber dann verstehe ich deine Reaktion auf den Hilfeschrei deiner Schwester noch weniger.«

»Ich habe meine Schwester unterstützt, wo ich nur konnte. Ich habe alles für sie und den kleinen Mann getan. Sie natürlich auch mit Geld unterstützt, für sie eine Wohnung bezahlt. Alles, was ein großer Bruder eben für seine kleine Schwester so macht, die er unendlich liebt.«

»Das ist alles kein Grund, warum du nun so reagierst bei deiner Schwester. Was ist vorgefallen?«

»Wie du weißt, hab ich ja mit meiner Ex-Freundin hier auf Gran Canaria gewohnt. Bis zu dem Tag, als Dörte den Unfall hatte und plötzlich dieser tote Mann am Treppenabsatz in unserer Wohnung lag. Ich war sturzbetrunken und hatte Angst. Somit bin ich dann abgehauen nach Österreich. Dort musste ich mich natürlich auch verstecken. Schließlich war ich mir doch sicher, dass ich gesucht werde. Ich bin für einige Zeit bei Freunden untergekommen, habe aber weiterhin für meine Schwester alles bezahlt. Doch als ich nach etlichen Monaten meine Schwester in der Wohnung besuchen wollte, war diese leer. Stefanie war bereits vor Monaten wieder bei unserer Mutter eingezogen. Sie meinte, sie hat Mutter verziehen. Aber ... aber ich kann das nicht. Mutter hat mir dafür viel zu wehgetan. Ich wollte sie nie wiedersehen. Und auch zu meiner Schwester hab ich nur selten Kontakt, das weißt du ja auch. Und nun will sich Stefanie anscheinend wieder von Mutter lösen und will nun wieder meine Hilfe. Es beginnt alles genau so, wie es damals war. Ein Teufelskreis. Und das will ich nicht mehr. Kannst du das verstehen? Deswegen hadere ich mit mir selbst.«

»Oh«, drang es aus Jennys Mund. »Natürlich. Jetzt ist einiges klarer. Das kann ich natürlich verstehen. Aber denkst du nicht, es wäre an der Zeit, dich zumindest mit Stefanie auszusprechen? Ich stehe hinter dir, Schatz, egal wie du dich entscheidest. Ich kann mir nicht vorstellen, weder mit meiner Schwester noch mit meiner Mama zu sprechen. Für mich undenkbar. Aber wenn natürlich so was vorgefallen wäre, weiß ich nicht, ob ich nicht genauso gehandelt hätte wie du.«

»Danke.« Sven küsste Jenny auf den Mund und war froh, zumindest dies ausgesprochen zu haben, wobei ihn noch ein Gedanke quälte und er nicht wusste, wie er ihr gestehen sollte, was er getan hatte. Würde sie auch dafür Verständnis haben?

Jenny legte ihren Kopf auf seinen Schoß. Nun fiel es ihm noch schwerer, ihr nicht die Wahrheit

156

zu sagen. Er schaute in ihre rehbraunen Augen und sah nur unbändige Liebe darin.

»Ich habe zurückgeschrieben«, platzte es aus ihm heraus.

»Hast du ja noch gar nicht«, sagte sie und blickte ihn verwundert an.

»Nein, das meine ich nicht. Ich hab dem Entführer geschrieben. Es kam ein ›Gut gemacht, Sven‹ zurück. Das war alles.«

Mit einem Ruck setzte sie sich auf. »Was hast du gemacht? Bist du verrückt? Der Typ ist gefährlich!«

»Ja, ich weiß«, sagte Sven und senkte seinen Blick gen Boden. Er konnte ihr unmöglich in die Augen sehen. »Es war doof. Aber ich dachte mir, vielleicht kriegen wir dann noch einen Hinweis. Ich will doch nur die Jungs finden.«

»Sven! Du lässt dich auf ein krankes Spiel ein. Ist dir das klar? Und vor allem ist Carlos ihm schon auf der Spur. Was hast du da nun wieder angerichtet?«

Er nickte nur, sagte aber nichts.

»Wer weiß, ob er uns nicht hierher gefolgt ist und wir nun in Gefahr schweben. Ich ruf Carlos an und beichte, was du gemacht hast.«

»Nein!«, sagte Sven und nahm ihr das Handy aus der Hand. »Er wirkte heute schon sehr genervt, ich will ihn nicht noch mehr auf den Geist gehen. Das machen wir am besten morgen. Meinst du nicht?«

»Sven, es sind nur noch drei Stunden bis Mitternacht! Vielleicht hat er gemeint, dass er

157

dich zu dieser Zeit holen will. Ich kann heute sicher nicht schlafen.« Ihre Hände zitterten, und er nahm diese zwischen seine Handflächen.

»Beruhige dich doch. Wenn ich dich erinnern darf, hat er die Nachricht mit dem Countdown schon vorher geschrieben. Das hat nichts damit zu tun, dass ich ihm geantwortet habe.«

Sie schniefte. »Ja«, drang es kleinlaut hervor.

»Schatzi, bitte.« Er schloss sie in seine Arme, und dabei machte sich die Zeitschrift selbstständig, fiel auf den Boden und schlug wie von Geisterhand einen Artikel über das neue Wellnessresort auf, der Svens Aufmerksamkeit auf sich zog.

46

Samstag, nachts

Bewegungslos lag der Junge auf dem Nagelbrett, das ich extra für ihn gefertigt hatte. Es würde nur noch Minuten dauern, bis das Chloroform seine Wirkung verlieren und er seine Augen aufschlagen würde. Aber das störte mich nicht, hatte ich doch einen alten Lappen in seinen Mund gesteckt und diesen mit Klebeband befestigt, sodass er ihn nicht ausspucken konnte.

Der Junge war vollständig in dem Kasten verschwunden. Fast schon sah es aus wie ein offener Sarg, der eine Rundung hatte. Endlich würde ich seinem Tod in die Augen sehen können. Meine Hände begannen zu zittern, und ich fühlte die Aufregung, die von Sekunde zu Sekunde jede Faser meines Körpers erreichte.

Ich füllte die Masse ein, die ich schon angerührt hatte. Plötzlich flackerten seine Augenlider, und es kam Bewegung in seinen Körper. Ich hielt kurz inne, vielleicht konnte ich den Moment noch ein wenig hinauszögern, ihn genießen, mich davon nähren. Diese Angst in mich aufsaugen, wenn der Junge den Blick schweifen ließ. Sollte ich ihm erzählen, wo sein Freund Marcos war? Oder war es noch zu früh für die ganze Wahrheit? Plötzlich riss der Junge seine Augen auf und zog sogleich an seinen Fesseln. Doch er war gut gesichert, ich hatte ihm nur wenig Bewegungsspielraum gelassen. Schließlich musste mein Kunstwerk doch auch gut aussehen, das wollte ich mir auf keinen Fall verpfuschen lassen von jemandem, der sich nicht an die Regeln hielt.

Onkel John hatte immer zu sagen gepflegt, dass Kunst im Auge des Betrachters lag. Und er hatte damit recht. Alle meine Kunden sahen nur die äußere Hülle. Nur ich wusste, was für eine Besonderheit innen war.

Undeutliche Worte drangen an meine Ohren. War das etwa eine Frage?

»Was hast du denn, mein Sohn?«, sagte ich, kam nah an ihn heran und streichelte sanft seine Wange.

Schreckgeweitete Augen starrten mich an. *Welch ein herrlicher Moment!* Tief atmete ich ein und versuchte, den Augenblick wie auf einem Foto festzuhalten.

Wieder hörte ich undeutliches Gemurmel.

»Ich erfülle dir deinen Wunsch, mein Junge. Du bist deinem Freund Marcos ganz nahe. Und genau wie er wirst auch du eine besondere Aufgabe übernehmen. Ist nur was für starke Jungs, so wie du auch einer bist.«

47

Enrique – Samstag, nachts

Im ersten Moment wusste Enrique nicht, wo er sich befand, doch es war wie ein Faustschlag ins Gesicht, als die Erinnerungen zurückkehrten. Panik machte sich in ihm breit. Was hatte der Typ mit ihm vor? Warum war er gefesselt und geknebelt? Was sollte das?

Er spürte eine feuchte Masse an seinem Rücken, und je mehr er sich bewegte, umso stärker wurden die Nadelstiche, die sich in seine Hinterseite bohrten. Die Jeans, die er vorhin noch angehabt hatte, war verschwunden. Und seine Fußsohlen brannten wie Feuer.

Verdammt! Was passiert hier? Sein Blick wanderte zu diesem geistesgestörten Mann, der ihn über die Wange streichelte.

»Binde mich los!«, schrie Enrique ihm entgegen. Doch er selbst verstand seine eigenen Worte nicht. Der fremde Mann sagte etwas, aber es drangen nur Wortfetzen durch das Rauschen in seinen Ohren:

»… Wunsch … Marcos … Aufgabe …«

Was?, fragte Enrique sich und versuchte, genau zuzuhören, denn der Mann sprach weiter.

»Siehst du hier?«, sagte er und deutete nach links. »Hier ist Marcos!«

Enrique drehte seinen Kopf, sah aber nichts als Schwärze um ihn herum. Was hatte der Scheißkerl vor? Wo war Marcos?

»Marcos!«, schrie er, und das Tuch im Mund dämpfte seinen Schrei. Wieder riss er an seinen Fesseln. Wenn sein Freund frei war, dann würde er ihn doch befreien? Oder wurde er auch gefangen gehalten?

»So, genug mit der Wiedersehensfreude!«, sprach der Mann, und Enrique wurde mit einer feuchten Masse, die sich über seinen ganzen Körper verteilte, übergossen. Er war allein, und die Angst kroch in jede Pore seines Körpers und vereinnahmte ihn in Windeseile.

48

Sven und Jenny – Samstag, nachts

»Das gibt es doch nicht. Heilige Scheiße. Das ist der Typ!« Sven hob die Zeitschrift vom Boden auf und tippte auf das Foto. Es zeigte den Mann, der Sven heute am Vormittag zuerst den Rucksack über den Kopf gezogen und ihn dann umgestoßen hatte.

»Bist du dir sicher?«, fragte Jenny, und auch sie schaute sich das Bild an. »Na ja, die dunkelbraunen Haare stimmen, und er hat drei Punkte unter seinem rechten Auge, die wie Tränen aussehen. Das könnte tatsächlich dieser Schatten sein, den du gemeint hast.«

»Weißt du, wer das ist?«, sagte Sven und musste schlucken, denn diese Erkenntnis traf ihn wie eine Abrissbirne. »Das ist der Mann von Meli. Sie hat doch erzählt, dass er ein Bauunternehmen hat. Es ist Santiagos Vater. Der Österreicher. Das ist unser Täter.«

»Bist du dir sicher?«

»Ja, es steht doch in dem Text. Melis Mann heißt Max Heger. Auf dem Foto steht er mit seinen Krücken, was ebenso die Aussage von Meli bestätigen würde.«

»Ich ruf Carlos an!«, sagte Jenny und griff nach ihrem Telefon.

»Das kannst du auch noch unterwegs machen. Lass uns erst mal herausfinden, ob unsere Vermutung stimmt. Ansonsten haben wir einen Großeinsatz verursacht, und Carlos spricht nie wieder mit uns. Besser ist, wenn wir zuerst mal unserer Spur allein nachgehen und erst dann Carlos dazu holen, wenn es echt brenzlig wird.«

»Wie? Du willst Max Heger suchen, ohne jemanden zu informieren?«, fragte Jenny, doch sogleich änderte sich ihre besorgte Miene. »Ja, vermutlich hast du recht. Lass uns mal ein wenig spionieren gehen.«

»Ich denke mal, wir sollten zuerst bei Meli vorbeifahren und schauen, ob ihr Mann zu Hause ist. Wenn er der Entführer der Jungs ist, dann muss er unterwegs sein, schließlich sind es nur noch wenige Stunden, dann ist der Countdown abgelaufen. Dass er die Jungs bei sich im Haus festhält, kann ich mir kaum vorstellen. So groß ist das Haus auch wieder nicht, dass Meli das nicht mitbekommen würde.«

***

Nur wenige Minuten später hielten sie vor dem Haus, und Sven drückte den Klingelknopf. Gleich darauf meldete sich Melis Stimme aus der Gegensprechanlage. »Ja?«

»Hallo, Meli. Wir sind es, Jenny und Sven. Wir wollten nur wissen, ob alles in Ordnung ist. Also mit Santiago und Ihrem Mann, meine ich.« Sven hoffte, dass seine kleine Notlüge nicht auffiel. Der Summer brummte, und die Tür öffnete sich

164

einen Spalt. Sie gingen die wenigen Stufen nach oben und wurden dort von Meli empfangen.

»Wieso? Was ist mit Santiago? Die Polizei hat alle Jungs der Clique eingesammelt und an einen sicheren Ort gebracht. Ist was passiert? Sagen Sie schon, geht es meinem Jungen gut?« Ihre Stimme versagte fast bei den letzten Worten.

»Alles in Ordnung«, sagte Sven und überlegte, wie er wohl an Informationen kommen könnte, ohne dass er Meli in einen Schockzustand versetzte.

Doch da ergriff schon Jenny das Wort. »Wir wollten nur wissen, ob Santiago wieder zurück ist. Und wir wollten auch mit Ihrem Mann sprechen. Ich meine, er ist doch der Bauleiter auf der Baustelle des Resorts. Wir dachten, dadurch, dass er in der direkten Nähe des Ortes ist, wo wir dem Täter begegnet sind, könnte er uns vielleicht eine Auskunft geben. Vielleicht war der Entführer der Teenager nicht das erste Mal dort, und Ihr Mann oder einer seiner Arbeiter hat etwas bemerkt.«

»Ach, das meinen Sie«, sagte Meli und atmete hörbar aus. »Max ist, so wie immer, in seinem Container auf der Baustelle. Er arbeitet gerne am Wochenende. Da hat er seine Ruhe, sagt er immer. Da kann es auch schon mal sehr spät werden. Manchmal kommt er auch erst Sonntag zum Mittag nach Hause, da er dann auf dem Sofa in seinem Container übernachtet hat. Also, wenn Sie ihn wo finden, dann dort.«

»Okay, dann entschuldigen Sie die späte Störung. Wir werden uns dann mal auf den Weg zu seiner Baustelle machen.«

***

Sven parkte das Auto auf dem verlassenen Parkplatz vor der Zementfabrik. Mittlerweile war es kurz vor dreiundzwanzig Uhr. Er schaute sich um, doch weder sah er auf der Straße auch nur eine Menschenseele noch brannte Licht in den Wohnungen gegenüber.

Das Meer rauschte, und doch hörte er ein anderes Geräusch, das diese Idylle unterbrach. Aber im ersten Moment schaffte er es nicht, es zuzuordnen. Nicht, woher es kam, und auch nicht, was es auslöste. Es klang wie ein Surren und war eindeutig nicht tierischer Herkunft.

»Hörst du das auch?«, flüsterte er Jenny zu. Sie nickte, und beide entfernten sich einige Schritte vom Auto.

Soeben schritten sie in die Einfahrt der Baustelle und entdeckten den Container, der wohl Max als Büro diente. Im Container selbst war es finster. Sven lugte durch ein Fenster in der Seitenwand. Doch weder am Schreibtisch noch auf dem kleinen Sofa konnte er jemanden entdecken.

Das Surren, das die beiden gehört hatten, wurde lauter, je näher sie an die Betonbauten herangingen. Doch Stimmen oder dergleichen waren nicht zu hören. Es schien fast so, als hätte das Meer aufgehört, sein Wasser an die Felsen zu schmettern, um Jenny und Sven zu

166

unterstützen. Es war eine Totenstille eingekehrt, die nur von diesem Surren unterbrochen wurde.

Die beiden schlichen um den ersten Teil des Rohbaus, und als Sven die Gestalt zwischen den drei Säulen auf dem erhöhten Betonplatz stehen sah, streckte er seine Hand aus und schob Jenny hinter sich. Dann drehte er sich zu ihr um und flüsterte: »Du rufst Carlos an. Er soll hierherkommen. Ich weiß nicht, was da vorne passiert, aber mitten in der Nacht ohne Licht zu arbeiten find ich äußerst verdächtig.«

»Ja, mach ich. Aber du gehst da nicht hin, hörst du?«

»Jenny! Ich werde mich heranpirschen, um mehr zu erfahren. Ich kann auf mich aufpassen.«

»Nein. Bitte bleib hier stehen. Carlos ist sicher gleich da.«

Sven nahm Jenny in den Arm, als er das Zittern in ihrer Stimme hörte. »Ich werde nichts Unüberlegtes tun. Ich verspreche es.«

49

Samstag, nachts

Still war es geworden um den Jungen. Anfangs hatte er sich noch gewehrt, doch schon sehr bald ließen seine Kräfte nach, und es ertönte nur mehr ein leises Jammern. Seit wenigen Momenten vernahm ich nichts mehr aus dem Holzverbau. Er war doch selbst schuld an den Schmerzen, die er erleiden musste. *Warum hat er sich nicht an die Abmachung gehalten? Die Drogen wollte ich ihm doch nicht zum Spaß verabreichen!*
Während ich den nächsten Sack in die Maschine schüttete, ärgerte ich mich über ihn. Doch erklang wieder die Stimme in meinem Kopf. Onkel John sprach mit mir und lobte mich, so wie er es auch schon getan hatte, als ich noch ein Kind war. Ja, ich hatte dem Jungen nichts angetan. Zumindest war er halbwegs unbeschadet, bis auf die wenigen Nägel, die sich in sein Fleisch gebohrt hatten. Einerseits war ich doch glücklich darüber, andererseits fehlte mir der Kick.
Aber vielleicht würde sich das ja mit dem Privatdetektiv ändern. Sven würde eine besondere Aufgabe bekommen. Ich starrte auf die Mitte des Betonpodests. Genau da würde er sich als Kunstwerk präsentieren dürfen. Er

brauchte nicht die Stärke zu haben, schließlich hatte er keine tragende Rolle zu spielen. Es würde anders werden als bisher. Schwieriger, ihn zu fangen. Komplizierter, es geheim zu halten, und doch kribbelte es mir schon unter den Fingernägeln. Und vielleicht ... vielleicht konnte ich endlich meine Gelüste ausleben. Der Gedanke daran ließ meine Handflächen schwitzig werden.

Ein Knacksen hinter mir erregte meine Aufmerksamkeit, und da sah ich einen Schatten, der sich blitzschnell hinter einer der Paletten, die mit Feinsteinzeug bestückt waren, versteckte. Ich überlegte mir, ob es nun besser wäre, so zu tun, als hätte ich nichts gehört, oder ein Katz-und-Maus-Spiel zu veranstalten. Wobei ich sicher nicht die Maus wäre. Bei dem Gedanken grinste ich.

War meine Arbeit hier fertig? Würde ich nun meinen Traum aufgeben müssen, oder war das nur ein Obdachloser, der auf der Suche nach einem ruhigen Plätzchen war?

Ich beschloss, vorerst ruhig zu bleiben, drehte mich so, dass ich die Palette und die unmittelbare Umgebung im Augenwinkel beobachten konnte, und nahm die Schaufel zur Hand. Ich füllte das Material weiter in die Holzform ein. Doch nur Momente später hörte ich Schritte hinter mir, das Knirschen der Steine unter den Sohlen. Ich drehte mich schlagartig um, und noch bevor der Angreifer reagieren konnte, der in diesem Augenblick auf

169

mich zuraste, schlug ich hart mit der Schaufel zu. Zu spät, viel zu spät erkannte ich, was ich getan hatte und dass mein Handeln nun wohl Konsequenzen tragen würde.

Sven, meine Schnüffelnase, sank augenblicklich in sich zusammen und blieb regungslos auf dem Boden liegen. Hatte ich ihn getötet? Nur mit diesem einen Schlag? Blut rann an seinem Kopf herunter, und doch – ich atmete erleichtert auf – sah ich seinen Brustkorb, der sich hob und wieder senkte. Ein Felsbrocken fiel mir sogleich von den Schultern. Niemals hätte ich es mir verziehen, wenn er so gestorben wäre. Das wäre nicht richtig gewesen.

Ich schaute gen Himmel und erhoffte mir eine Antwort von Onkel John, was nun zu tun sei. Da sah ich das Blaulicht blitzen. Für einen Augenaufschlag hielt ich es für eine Botschaft, die er mir sandte. Doch besann ich mich sofort wieder. Sven hatte die Polizei informiert! Aber ich verstand nicht, wie er überhaupt auf mich hatte kommen können. Ich hatte alles dafür getan, mich bedeckt zu halten, nicht aufzufallen. Eine Familie zu gründen war vermutlich die beste Idee gewesen, die mir eingefallen war. Eine liebende Frau zu haben – ich würde nicht behaupten wollen, dass ich Meli liebte, aber ich hatte sie immer mit Respekt behandelt. Ich hoffte nur, dass mein Sohn eines Tages in meine Fußstapfen treten würde. Auch wenn ich bisher keine Zeit dazu gehabt hatte, ihn in die Geheimnisse einzuweihen. Aber ich schwor mir,

170

ab morgen würde ich Santiago langsam auf seinen Job vorbereiten.

Es war Zeit für mich zu gehen. Ich zog den Stecker der Maschine aus dem Verlängerungskabel heraus. Sven stöhnte auf und hob seine Hand an den Kopf. Doch ich konnte mich jetzt nicht um ihn kümmern. Flink sprang ich über den Zaun und rannte den Schotterweg am Meer entlang. Noch während ich lief, schickte ich eine Nachricht ab.

›*Vergiss es niemals!*‹

50

Sven und Jenny – Samstag, nachts

Es kam ihm vor wie Sekunden, die zwischen dem Schlag auf seinen Kopf und Carlos' Stimme vergangen waren. »Sven! Wo ist er hingelaufen?«

Ganz langsam richtete Sven sich auf und musste sich erst einmal orientieren. Jenny hockte neben ihm und hielt seine Hand krampfhaft fest. »Ich weiß es nicht.«

Carlos drehte sich von ihm weg und sprach mit den Uniformierten. »Alles hier absuchen und die Gegend abriegeln.«

»Verfluchte Scheiße. Was ist hier passiert?«

»Der Typ ist vermutlich ein internationaler Verbrecher.«

»Was?«, sagte Sven und griff sich an seinen schmerzenden Kopf. In seinen Ohren läutete es wie Kirchenglocken. Er richtete seinen Oberkörper auf, und ein Schwindelgefühl durchströmte ihn. »Du meinst, der hat das schon in anderen Ländern abgezogen? Die Jungs hier waren nicht seine ersten Opfer? Aber ich verstehe nicht, was das hier alles zu bedeuten hat. Was hat er mit den Jugendlichen angestellt?«

Carlos deutete auf die drei Säulen, die auf der Betonplattform standen und die

Brüstungsmauer unterbrachen. Taschenlampen leuchteten in die Nacht hinein. Einigen Polizisten waren bereits dabei, die Holzverschalung der Mauer zu lösen.

»Mein ehemaliger Schulkamerad arbeitet bei Interpol. Dem hab ich die Informationen über die vermissten Jugendlichen und auch über die beiden toten Jungs weitergegeben. So wie der Täter vorging, vermutete ich, dass es sich hierbei um eine Art Kinderhandel handelt und er nicht allein arbeitet. Ich wollte nach eventuellen Drahtziehern suchen, die sich außerhalb von Spanien befinden. Er hat mich vor Kurzem zurückgerufen und mir erzählt, dass es ähnliche Fälle in Griechenland gab vor einundzwanzig Jahren. Einige der vermissten Jugendlichen hatten Suizid begangen, zumindest nahm man dies damals an, und die anderen blieben spurlos verschwunden. Erst vor zwei Jahren gab es da eine Wendung, als ein Gebäude mit genau so einem Pavillon, wie er hier entstehen soll, abgerissen wurde und in den Säulen, die nachweislich mit einem Schnellbeton errichtet wurden, menschliche Überreste gefunden wurden. Wie sich kurz darauf mittels DNA-Analyse herausstellte, waren es die Vermissten. Natürlich haben die griechischen Behörden sofort den Bauunternehmer gesucht, der den Pavillon damals errichtet hatte, allerdings war dieser unter mysteriösen Umständen verstorben.«

Sven sagte im ersten Moment gar nichts. Er fand keine Worte für das, was er fühlte. Er schaute zu den Beamten, die soeben versuchten, eine Person zu befreien, die in der Holzschalung gefangen war. Die Luft konnte man trotz der kühlen Brise, die vom Meer herüberwehte, mit einem Messer schneiden. Einige der Sanitäter rannten auf die Plattform. Mit Hammer und Meißel versuchten die Einsatzkräfte, den Jungen aus der Betonwand zu bekommen. Jeder dieser Hammerschläge drang auch in Svens Kopf.

»Unfassbar. Ich verstehe nicht, wie ein Mensch zu so einer Tat fähig sein kann. Ich verstehe auch das *Warum* nicht«, sagte Jenny, die sich dicht an Sven gekuschelt hatte.

»Das verstehe ich leider auch nicht«, sagte Carlos. »Aber das wird uns dieser Heger beantworten können. Den Dreckskerl kriegen wir. Ich hab ringsum alle Zufahrten und Wege sperren lassen. Ebenso suchen wir in der Gegend jeden Millimeter ab. Er entkommt uns nicht.« »Ist das Enrique? Können sie ihn retten?«, fragte Jenny und zeigte auf die geschwungene Wand, bevor das Dröhnen des Presslufthammers ertönte und Sven sich die Ohren zuhielt, da der Schmerz wie ein Messer durch seinen Kopf schnitt.

»Das hoffe ich.«

Carlos' Funkgerät knackste, bevor eine Stimme ertönte: »Alle verfügbaren

Einsatzkräfte zur Playa de Arguineguín. Verdächtiger wurde dort gesichtet.«

»Ihr fahrt nach Hause, klar?« Carlos schaute die beiden eindringlich an. Sven reagierte nicht. »Sven?«, fragte Carlos in einem forschen Tonfall. »Hast du mich verstanden? Ich lass dich festnehmen. Ich schwöre es dir.«

»Jaja, schon gut. Wir werden nach Hause fahren.« Ein genervter Seufzer entfuhr seiner Kehle.

Jenny schwieg, ihr Blick haftete auf den Betonsäulen. »Glaubst du, sie können Enrique wenigstens retten?«

»Ich hoffe es! Gehen wir?«, sagte Sven und nahm ihre Hand in seine. Nur noch einmal drehten sie sich um, und Sven schickte ein Stoßgebet gen Himmel, dass der Junge diese Prozedur lebend überstanden hatte.

Sie gingen zum Auto. Obwohl Jenny vehement dagegen protestierte, setzte sich Sven hinters Steuer und fuhr vom Parkplatz. Doch im Kreisverkehr nahm er nicht die erste Ausfahrt, die hinauf zu ihrem Zuhause führte, sondern die dritte und bog gleich danach in eine Seitengasse ein.

»Sven? Ich weiß genau, was du vorhast. Hat Carlos nicht gesagt, dass du dich nicht einmischen sollst?«

»Ich fahr doch nur vorbei. Keine Sorge!« Soeben fuhr er im Schritttempo die Einbahnstraße entlang, die direkt am Stadtstrand vorbeiführte. Hinter der

175

Hafeneinfahrt standen die Einsatzwagen, er sah die Blaulichter hinter der Felswand blitzen, gute hundert Meter entfernt. Stimmengewirr war in der Ferne zu hören.

»Da!«, sagte Jenny und deutete auf einige Schatten, die sich über den Sandstrand Richtung Meer bewegten. Gleich darauf sprangen sie auf den Felsbrocken umher, die als Schutzwall gegen die Wellen aufgeschüttet worden waren.

Ein Schuss zerriss die Stille der Nacht, lautes Geschrei brach los. Eine Person war auf den Felsen in sich zusammengesunken oder vielleicht auch ins Meer gestürzt.

Sven konnte aufgrund der Entfernung nicht erkennen, ob es sich hierbei um den Täter oder um einen der unzähligen Polizisten handelte, die die Verfolgung aufgenommen hatten. Er betete, dass die Kugel den Richtigen getroffen hatte.

Ein Polizeiboot, das soeben um die Hafenmauer bog, tauchte den kompletten Strand in weißes Flutlicht.

Sven griff zum Türöffner und zog daran. Das Licht im Auto ging an, und Jenny umfasste seinen Oberarm. »Wo willst du hin?«

»Ich will mich nur hinstellen, dann kann ich mehr sehen.« Er stieg aus und lehnte sich ans Auto. Jenny blieb auf dem Beifahrersitz.

Es dauerte nur wenige Minuten, bis etwas aus dem Meer ins Polizeiboot gezogen wurde.

51

Sven und Jenny – Samstag, nachts

Das Polizeiboot wendete und fuhr Richtung Hafeneinfahrt. Die Polizisten stapften durch den Sand zur Straße.

»Lass uns fahren«, sagte Jenny, doch Sven schaute dem Treiben noch weiter zu. Er wollte unbedingt herausfinden, was es mit diesen Entführungen und dem Einbetonieren auf sich hatte.

»Warte noch kurz.« Die ersten Polizeiwagen fuhren fort, und da sah er Carlos, der sich vermutlich auf den Weg zurück zur Baustelle machte. *Fuck, jetzt hat er mich gesehen,* dachte er noch. Zur Flucht war es allerdings zu spät. Er würde die Standpauke über sich ergehen lassen müssen. Aus der Ferne ertönte der Signalton des Rettungswagens.

»Was hab ich zu dir gesagt?«, fragte Carlos, allerdings klang er nicht so wütend, wie Sven es sich ausgemalt hatte.

»Du kennst mich. Ich muss wissen, was dahintersteckt. Habt ihr ihn?«

»Ja! Allerdings ist derzeit offen, ob er uns jemals ein Wort sagen wird. Einer meiner Männer hat in die Luft geschossen, da ist der Verdächtige ins Meer gesprungen. Als ihn die Küstenwache aus dem Wasser gezogen hat, hatte er eine schwere Kopfverletzung und war nicht ansprechbar. Vermutlich ist er auf einen Stein gestoßen bei seinem Sprung in die Freiheit.«

»Carlos, vielleicht kann ich dir Informationen geben, die du für deine Ermittlungen brauchst. Aber du musst mich mitnehmen.«

Carlos lachte auf. »Das klingt nach Bestechung eines Beamten. Dafür kann ich dich festnehmen. Ist dir klar, oder?«

Sven schluckte. So weit hatte er nicht gedacht. Bevor er noch etwas sagen konnte, redete Carlos weiter.

»Okay! Also, dann spuck's aus.«

»Wir müssen zu dem Container auf der Baustelle. Ich bin mir sicher, er hat alle notwendigen Sachen dort versteckt. Er musste es doch vor seiner Familie geheim halten.«

»Das ist alles, was du mir an Infos bieten willst? Auf diese Idee bin ich schon selbst gekommen, glaub mir.«

»Ach komm, bitte, Carlos«, sagte Jenny aus dem Beifahrerfenster. Anscheinend interessierte sie auch die ganze Tragweite des Falles.

»Ihr seid mir zwei Schnüffler. Ich soll jetzt die ganze Arbeit für euch machen, und ihr hamstert die Lorbeeren ein, oder wie? Wir treffen uns morgen bei mir im Büro, okay? Derzeit müssen alle Spuren gesichert werden. Da kann ich niemand Fremden reinlassen.«

Sven nickte. *Immerhin etwas,* dachte er.

»Wie geht es Enrique?«, fragte Jenny.

»Ich weiß es nicht. Ich hoffe doch, wir haben ihn noch rechtzeitig gefunden und der Beton um seinen Körper hat keinen Schaden angerichtet.«

***

23:57 zeigte die Uhr an der Wohnzimmerwand. Sven und Jenny waren wieder zurück in ihrem Duplex. Sven ließ sich auf das Sofa fallen und schaute Jenny an.

»Schatz?«, sagte Jenny. »Glaubst du, wir finden heraus, warum er es getan hat? Ich meine, wenn Heger nicht überlebt.«

»Ich weiß nicht. Aber ich versuche mich gerade zu erinnern, was Carlos gesagt hat. In Griechenland war das mit den eingemauerten Jugendlichen, oder? Ich meine, das muss doch durch die Presse gegangen sein wie ein Lauffeuer. Vielleicht können wir da Anhaltspunkte und Gemeinsamkeiten erkennen und Hinweise kriegen.«

Sven zog sein Telefon aus der Hosentasche und googelte. Es dauerte nicht lange, da fand er schon den ersten Zeitungsartikel darüber. Allein die Überschrift las sich wie der Titel eines Psychothrillers:

›*Lebendig einbetoniert – 5 Jungen konnten endlich von ihren Familien zu Grabe getragen werden.*‹

Ein Schauer überzog seinen Körper. *Was für ein Mensch macht so was?* Da sah er den Wikipedia-Eintrag über das Thema Einmauerung. Er las ihn komplett durch und wandte sich an Jenny, die es sich genauso wie er

179

auf dem Sofa gemütlich gemacht hatte und im Internet surfte.

»Kann es sein, dass es eine Art Ritual war? Ich meine, hier steht, dass die Leute das früher so gemacht haben. Also, sogenannte Bauopfer. Es soll den Einsturz von Bauten verhindern und böse Geister fernhalten.« Sven drehte ihr das Handy entgegen, und Jenny schaute interessiert auf das Display.

»Na ja. Aber warum hat er nur Jungs genommen? Hier steht nichts von bestimmten Altersgruppen. Auch nicht, dass es nur Menschen betrifft. Sogar Tiere wurden damals eingemauert. Irgendwas stimmt da nicht so ganz überein. Findest du nicht?«

»Du hast recht. Aber es muss damit zusammenhängen. Wir müssen mehr über Hegers Vergangenheit herausfinden.« Gerade hatte er fertig gesprochen, da erweckte ein neuer Artikel seine Aufmerksamkeit. Dem Datum nach war dieser vor einundzwanzig Jahren verfasst worden.

›Bauunternehmer tot in einer Schlucht gefunden; Todesumstände nicht geklärt‹ stand als Titel.

»Da, schau mal. Hier steht, dass dieser Bauunternehmer Friedrich C. auf Santorin am roten Strand beim Klettern in eine Schlucht gestürzt war. Angeblich trug er auch eine Kletterausrüstung. Doch gab es wohl Ungereimtheiten. Leider steht hier nicht, welche. Wir müssen da morgen Carlos befragen.«

180

52

Sven und Jenny – Sonntag, vormittags

»Also, erzähl uns die News«, sagte Sven zu Carlos, nachdem dieser die beiden in sein Büro gebeten hatte.

»Setzt euch erst mal. Ich denke, ich hatte recht, dass sich dahinter eine Gruppe verbirgt. Nur nicht in diesem Ausmaß.«

Jenny und Sven nahmen Carlos gegenüber am Besprechungstisch Platz. Ungeduldig trommelte Sven mit seinem Zeigefinger auf die Tischplatte, und Jenny legte sogleich ihre Hand auf seine und blickte ihn vorwurfsvoll an.

Carlos schlug eine Akte auf und verharrte einen Moment. »Also, unser Verdächtiger heißt nicht Max Heger, sondern Alfred Kerwein.« Er hielt inne.

»Konntest du mit ihm sprechen?«, fragte Sven sofort.

»Er liegt im künstlichen Koma. Die Ärzte meinen, er hat eine zehnprozentige Überlebenschance. Und auch wenn er überlebt, wird er sich wohl an nichts mehr erinnern können. Die Schäden am Gehirn durch den Aufprall sind einfach zu groß.«

»Und Enrique? Wie geht es ihm?«, fragte Jenny, und als Carlos nicht antwortete, sondern nur traurig seinen Kopf schüttelte, schlug sie sich die Hand vor den Mund und brauchte einige Sekunden, bis sie wieder sprechen konnte. »Sie konnten ihn nicht retten? Der arme Junge.«

»Der Täter hat Schnellbeton verwendet. Und Enrique war bei unserem Eintreffen bereits über Mund und Nase einbetoniert. Er ist qualvoll erstickt. In den drei Säulen haben wir drei Leichname gefunden. Einer davon ist der vermisste Marcos.«

Für eine Minute schwiegen alle drei. Keiner fand die richtigen Worte, und jeder hing anscheinend seinen Gedanken nach. Dann ergriff Sven das Wort. »Verfluchte Scheiße. Ich dachte wirklich, wir können ihn noch aus den Fängen dieses Irren befreien.«

»Ich muss heute noch zu der Mutter des Jungen. Auch zu den Müttern der anderen toten Teenager. Manchmal hasse ich meinen Job.«

»Das heißt, wir haben den Täter nun dingfest gemacht, stimmt's? Wenigstens kann der keine Jungen mehr umbringen. Das Handy wurde doch im Norden geortet. Ich dachte, ihr seid ihm dicht auf den Fersen gewesen? Wie konnte er euch entwischen?«

»Circa zwei Stunde bevor Jenny mich informiert hat, war das Signal des Telefons plötzlich verschwunden. Doch befand es sich zu diesem Zeitpunkt in Gáldar«, sagte Carlos und legte seine Stirn in Falten. »Ich bin mir nicht sicher. Vielleicht gab es einen Komplizen. Und wenn ich da so an die einbetonierten Jungs in Griechenland denke …«

182

»Du meinst noch so einen Geistesgestörten? Also, in zwei Stunden kann er leicht wieder aus dem Norden zurück gewesen sein und den Jungen einbetoniert haben. Also, das halte ich nun für kein Indiz, ehrlich gesagt. Um auf Griechenland zurückzukommen. Kann es sein, dass du von dem Vorfall mit dem Bauunternehmer auf Santorin, der die fünf Teenager einbetoniert hat, sprichst? Der, der angeblich einen Unfall beim Klettern hatte?«

»Woher hast du diese Information?«

»Aus dem Internet. Ich hab gestern noch gestöbert und dabei einen Zeitungsartikel gefunden. Außerdem halte ich das Einbetonieren für eine Art Ritual.«

»Kerwein wird verdächtigt, den Bauunternehmer Friedrich Clausen umgebracht zu haben. Es wurden zahlreiche Spuren am Tatort sichergestellt. Darunter auch seine Fingerabdrücke an Clausens Kletterausrüstung, die bis vor Kurzem niemandem zugeordnet werden konnten. Natürlich lebte er auch dort nicht unter seinem richtigen Namen.«

»Vielleicht hat Clausen Max Heger ... äh diesen Kerwein dabei erwischt, wie er einen der Jungen eingemauert hat. Gab es eine Verbindung zwischen dem Bauunternehmer und Kerwein?«

»Friedrich Clausen hatte einen Geschäftspartner namens Alois Hofnick. Dieser verschwand aber von der Bildfläche an Clausens

Todestag. Es könnte gut möglich sein, dass Clausen sterben musste, weil er einfach zu viel wusste. Oder weil er eben selbst die Jungs einbetoniert hat. Aber um das zu beweisen oder zu widerlegen, müssen wir wohl tiefer graben.« Carlos lehnte sich in seinem Stuhl zurück.

53

Vor 31 Jahren

»Weißt du«, sagte Onkel John zu mir, als wir in meinem Zimmer auf dem Bett saßen. »Ich habe gelernt, dass es diese Bauopfer geben muss, um Wächter zu aktivieren, die das Bauwerk schützen sollen. Du darfst niemandem verraten, was wir getan haben. Das ist wichtig. Nur so hält dieser Zauber unser Bauwerk.« Er schwieg kurz und schaute mich an. Sofort nickte ich. »Lass uns nun gemeinsam meditieren. Das gehört dazu und wird deine Gedanken ordnen und deine Seele ins Reine bringen.«

Er holte aus seiner Tasche einen Gegenstand heraus, der auf den ersten Blick an eine uralte Tischlampe erinnerte. Der Fuß war aus einem goldähnlichen Metall. An der Oberseite sah ich eine Trommel, die bunt bemalt war und mit Symbolen verziert, die ich nicht entziffern konnte.

»Was ist das?«, fragte ich, und Onkel John drehte die Trommel im Uhrzeigersinn, sodass die bunten Streifen fast in ein Bild übergingen.

»Eine Gebetsmühle. Sieh! Das ist das Mantra: OM MANI PADME HUM. Das heißt übersetzt: ›Oh du Juwel in der Lotusblüte.‹ Mitgefühl und Liebe für meinen Anführer. Noah, mein Rettungsanker. Er war der Mensch, der mich gerettet hat. Der mich auffing, als ich am Boden lag und nicht mehr hochkam.«

»Anführer?«, fragte ich und rückte näher. Auch ich kniete mich hin und hob meine Hände wie zu einem Gebet auf die Höhe meines Herzens.

»Der Anführer unserer Gruppe, dem ich meine ganze Liebe schenke ...«, sagte Onkel John, doch die Zimmertür flog mit einem Schlag auf und mein Vater stand im Türrahmen. Sein Kopf war tiefrot, seine Fäuste geballt. Nur der Schaum vorm Mund fehlte.

»Was machst du hier mit meinem Sohn?«, schrie er Onkel John an, und sein Speichel flog in meine Richtung. Ich war wie erstarrt. Vor Furcht, vor Scham oder ... ich wusste es nicht genau.

»Lass uns in Ruhe, alter Mann. Ich erkläre deinem Sohn das Leben. Und wie wichtig es ist, sich zu lieben und zu respektieren.« Onkel John kniete weiterhin in seiner Position. Er zuckte nicht mal, als mein Vater wieder seine Stimme erhob.

»Raus hier! Raus aus meinem Haus! Ich habe euch vertraut nach dem Tod meiner Frau. Ich habe euch alles gegeben, was ich hatte. Es war ausgemacht, dass ihr euch nicht an meinem Sohn vergreift.« Vater packte ihn grob am Oberarm und versuchte, ihn in die Höhe zu ziehen. Doch Onkel John war kräftig und brachte sicher das Doppelte an Gewicht auf die

Waage. Vater hatte keine Chance, ihn auch nur ein Stück weit zu bewegen.

Ich war gefesselt von dieser Situation. Diese Zuneigung, die ich für Onkel John verspürte, war bei meinem Vater nicht mal ansatzweise vorhanden. Und das wurde mir nun stärker als zuvor bewusst.

»Du sollst verschwinden!«, schrie Vater und zerrte mit beiden Händen an Onkel Johns Oberarm. Langsam, ganz langsam, erhob sich dieser aus seiner knienden Position. Als er vor meinem Vater stand, der einen Kopf kleiner war, legte Onkel John seine Hände auf Vaters Schultern und flüsterte: »Du wolltest es so. Du wolltest ein Teil des großen Ganzen sein.«

»Nicht so! Und das hab ich euch schon vor Monaten gesagt. Ich lasse mich nicht länger ausbeuten von euch. Ich brauchte jemanden für mich und auch für Alfred, als Klara gestorben war, ja. Nach dem schrecklichen Unfall. Doch ich werde ab jetzt auf meinen eigenen Beinen stehen. Mein Sohn ist alles, was ich noch habe.«

Es dauerte vielleicht einen Augenaufschlag, bis mein Vater auf dem Boden lag. Onkel John saß auf seinem Brustkorb und bohrte seine Knie in Vaters Hände.

Vaters Gesicht wechselte blitzartig die Farbe. Von Dunkelrot zu Weiß. Ich war wie in Trance, und die Momente des Unfalls liefen vor meinem geistigen Auge wie ein Super-8-Film ab. Alles war in einen leichten Nebel gehüllt. Und doch konnte ich die Aufregung meiner Mutter spüren

187

und hatte den süßlichen Geruch noch in der Nase. Den Geruch, den Vater immer an sich hatte, wenn er vom Gasthaus gegenüber nach Hause kam. Hastig hatte sie die Koffer gepackt und mich ins Auto gezerrt. Doch weit kamen wir nicht, denn plötzlich war da dieser Baum, der mitten auf der Fahrbahn zu stehen schien, und dann krachte es so laut, dass ich mir meine Ohren zuhielt, gegen den Fahrersitz prallte und im Fußbereich liegen blieb.

»John-Boy. Du musst dich nun entscheiden. Soll ich gehen oder dein Vater?« In Onkel Johns Blick lag so viel Liebe. Und wieder befand ich mich in der Situation vor vier Jahren, in der mein Vater mir meine Mutter weggenommen hatte. Er hatte sich tausendfach bei mir entschuldigt, doch auch das machte Mama nicht wieder lebendig. Mehr spontan als überlegt plapperte ich die Worte aus, die mir durch den Kopf schossen.

»Du sollst bleiben, Onkel John!«

Vielleicht war ich mir der Konsequenz meiner Worte nicht bewusst, war ich doch erst zwölf. Vielleicht wollte ich auch, dass es endet. Diese Geheimnistuerei. Doch das, was ich mir gewünscht hatte, trat nicht so ein wie von mir gedacht. Sekunden später hörte ich ein Knacken, welches mir minutenlang in den Ohren nachhallte. Es war mir unmöglich, mich zu bewegen, nur meine Augen folgten Onkel John und meinem Vater. Es war das Brechen von Knochen, das mich erstarren ließ, gefolgt

188

von dem letzten Atemzug, der das Leben aus seinem Körper hauchte.

Onkel John stand auf und schaute auf mich herab. »Du bist nun ein Teil von uns. Ab sofort wirst du dich um den Garten kümmern. Als Erstes wirst du ein großes Loch ausheben. Ich hoffe, du weißt, wo du graben musst.«

54

Jenny und Sven – Sonntag, vormittags

»Du meinst, vor mehr als dreißig Jahren gab es eine Gruppierung von Leuten in Österreich, die Jungs einbetoniert haben?« Sven konnte nicht fassen, was Carlos soeben erzählt hatte. Hatte er doch selbst zu diesem Zeitpunkt in Österreich gewohnt und hätte in das Beuteschema der Gruppe gepasst.

»Anscheinend ja. Sie nannten sich ›Die Tafelrunde‹. Der Bauunternehmer Wilhelm Garnitz soll wohl der Anführer dieser Sekte gewesen sein. Allerdings konnte ich noch nicht klären, wie genau Alfred Kerwein in diese Gruppierung gekommen ist. Zu dem Zeitpunkt war er doch erst zwölf. Somit kann die Theorie, dass Kerwein diesen Bauunternehmer ...«

Svens Handy läutete. Er zog es hervor, sah den Namen Stefanie aufleuchten und drückte das Gespräch weg. Im Geiste schimpfte er mit seiner Schwester, dass sie sich keinen schlechteren Zeitpunkt für ihren Anruf hätte aussuchen können.

»Und wie kommen wir nun an diese Informationen ran?«, fragte Sven.

Carlos grinste. »*Wir* gar nicht. Ich hab euch schon zu viel erzählt. Ich werde mir die Infos holen. Für euch ist die Sache erledigt!« Mit diesen Worten erhob er sich und klappte die Akte zu.

Sven überlegte einen Moment, ob er Widerworte einlegen sollte, beließ es dann aber dabei. Er hatte eine bessere Idee, die ihm wie ein Blitz in sein Hirn schoss.

»Dann danke für die Informationen«, sagte Sven und reichte Carlos die Hand. Dieser zögerte kurz, schlug dann aber in den Handschlag ein.

»Du machst mal, was ich dir sage? Hier ist doch etwas faul. Sven, was hast du vor?«

»Nichts. Du hast recht, der Fall ist abgeschlossen und Sache der Polizei.« Ein Grinsen huschte über sein Gesicht, das konnte er leider nicht verhindern.

»Ich glaub dir kein Wort«, sagte Carlos. »Misch dich nicht ein, okay? Ich schwöre dir, ich bring dich hinter Gitter.« Er hob zwar drohend seinen Zeigefinger in die Höhe, dennoch zogen sich seine Mundwinkel nach oben.

»Nein, mach ich doch nicht. Ich verspreche hoch und heilig, dass ich den Tatort nicht betrete. Das ist nun alles dein Fall.«

***

»Was hast du vor?«, sagte Jenny und setzte sich auf den Beifahrersitz. Sie parkten nur wenige Schritte von der Polizeistation entfernt.

»Nichts.«

»Ich kenn dich. Wenn du so ein Grinsen auflegst und deine Augen zu leuchten beginnen, dann heckst du etwas aus. Und«, Jenny erhob ihren Zeigefinger, »du hast Carlos nicht

191

widersprochen. Also, spuck schon aus, was ist der Plan?«

»Ich kenn jemanden, der jemanden kennt«, sagte Sven und fuhr aus der Parklücke.

»Du machst es ja richtig spannend.«

Svens Handy läutete, und er übernahm das Gespräch mittels Freisprecheinrichtung.

»Hallo, Meli«, sagte Sven. Er hatte den Namen auf dem Autodisplay ablesen können.

»Sven! Wie furchtbar! Hier wird alles auf den Kopf gestellt.«

»Ja, Meli. Ich weiß. Sollen wir vorbeikommen? Brauchen Sie Unterstützung?«

»Ja, bitte. Kommen Sie her, und bitte helfen Sie mir. Es heißt, mein Mann soll an dem Tod der Jungs beteiligt gewesen sein. Es ist alles so ...« Den Rest konnte Sven nicht mehr verstehen, da Meli in einen Heulkrampf ausbrach.

»Wir sind gleich da.« Sven beendete das Gespräch.

Jenny sagte minutenlang nichts, und plötzlich platzte sie mit der Frage heraus: »Kannst du mir nicht endlich sagen, was du vorhast? Ich meine, das ist unfair, was du machst. Du lässt mich völlig außen vor.« Ihr Tonfall war ungehalten, und ihrem Gesichtsausdruck zufolge lag die Vermutung nahe, dass sie sich über Svens Schweigen ärgerte.

»Aber, Schatzi. Jetzt lass uns erst mal zu Meli fahren. Vielleicht können wir auch mit Santiago sprechen. Der sollte ja mittlerweile schon wieder zu Hause sein.«

»Alles nur Blabla.« Sie verschränkte die Arme vor ihrem Oberkörper.

»Okay«, sagte Sven und atmete hörbar aus. »Ich war ja damals in der Obersteiermark Polizist. Das hab ich dir ja erzählt. Und mit meinem alten Kollegen Lukas hab ich heute noch sporadisch Kontakt. Ich dachte mir, ich frag da mal bei ihm nach, was er so alles über diese Gruppe herausfinden kann.«

»Also du bohrst weiter. Wusste ich doch, dass dich das nicht so einfach loslässt.«

Sven parkte das Auto auf dem Schotterplatz gegenüber von Melis Haus. Schon als sie ausstiegen, sahen sie ein Gewusel von Polizisten und Leuten mit weißen Schutzanzügen, die einen Karton nach dem anderen aus der Garage und dem Haus holten. Meli stand auf der großen Terrasse und betrachtete reglos das Treiben um sie herum. Immer wieder wischte sie sich mit den Händen über die Augen.

Jenny und Sven traten näher ans Haus heran und wurden von einem Polizisten gestoppt, der gerade die Stufen herunterging.

»Wer sind Sie?«

»Ich bin Sven Wagner, und das ist meine Partnerin Jenny Huwer. Wir sind hier, um Meli, also Frau Martín Hernandez, seelisch beizustehen. Wir wurden von ihr angerufen.«

Sven hatte noch nicht ganz ausgesprochen, da rief Meli von oben herunter: »Bitte lassen Sie die beiden rein. Ich brauche doch jetzt jemanden.«

Der Polizist trat zur Seite. Jenny und Sven gingen die wenigen Stufen hinauf, und als sie

193

oben ankamen, fiel Meli Jenny um den Hals. Es sah auf den ersten Blick so aus, als wären die beiden bereits seit Langem Freundinnen. Meli löste sich wieder von ihr.

»Ich bin so froh, dass Sie beide hier sind. Das können Sie gar nicht glauben, was hier los ist.«

»Es tut uns sehr leid. Wirklich.« Jenny legte ihre Hand auf Melis Oberarm.

»Meli? Ist Santiago schon wieder hier?«, fragte Sven.

»Ja, er ist oben in seinem Zimmer. Er wurde heute Morgen gebracht mit der Horde Männer, die hier alles auf den Kopf stellt. Mein Mann soll ein Mörder sein. Ich kann das noch gar nicht fassen!«

»Kann ich zu ihm raufgehen? Ich meine, darf ich mit ihm sprechen? Er ist sicher auch sehr verwirrt.«

»Ja, natürlich«, sagte Meli und setzte sich auf den Gartenstuhl. »Wir beide bleiben hier, ja, Jenny?«

Jenny nickte zustimmend, und Sven betrat das Haus. Überall ertönte leises Stimmengewirr. Rascheln war zu hören, und Schritte. Langsam schlich Sven sich nach oben. Ihm war klar, dass er nicht erwischt werden durfte. Ansonsten würde er in Handschellen von Carlos abgeführt werden. Bei dem Gedanken musste er grinsen. *Das traust du dich niemals!*

Er klopfte an die Zimmertür mit dem Namen Santiago darauf. Keiner reagierte. Er klopfte etwas fester, doch abermals keinerlei Reaktion.

Er legte sein Ohr an die Tür und lauschte. Nichts.

Er drückte die Türklinke nach unten. Abgesperrt.

»Santiago! Lass mich rein!«, sagte Sven etwas lauter als ein Flüstern. Mit der Faust hämmerte er kurz gegen das Türblatt.

Wo ist er? Suchend blickte er sich um. Die Tür zur Toilette stand sperrangelweit offen. Rasch überprüfte Sven die restlichen zwei Zimmer. Doch es befand sich niemand außer ihm im ersten Stock. *Verfickte Scheiße,* fluchte er in Gedanken. *Der Junge ist abgehauen! Dass Santiago mich nicht gehört hat, ist unmöglich.*

Sofort rannte er die Treppe hinunter und damit auch einem Polizisten direkt in die Arme.

»¿*Qué busca? ¿Quién es usted?*[17]«, fragte dieser, doch Sven schlängelte sich um den Mann herum und rannte auf die Terrasse, wo Jenny und Meli ihr Gespräch unterbrachen und ihn mit großen Augen anstarrten.

Noch bevor Sven etwas sagen konnte, wurde sein Arm auf den Rücken gedreht, und im nächsten Moment lag er auf dem Boden.

»Hören Sie sofort auf damit!«, schrie Meli und sprang von ihrem Stuhl auf. »Er ist Privatermittler, und ich hab ihn hierher eingeladen. Lassen Sie ihn sofort los!«

»Meli«, keuchte Sven, denn der Polizist kniete mit einem Bein auf seinem Rücken. »Santiagos Zimmertür ist versperrt, und er öffnet nicht.«

17   Was suchen Sie? Wer sind Sie?

Nachdem er diese Worte ausgesprochen hatte, lockerte der Polizist seinen Griff, und Sven setzte sich auf. Meli stand da wie angewurzelt, hatte beide Hände vors Gesicht geschlagen, und sämtliche Farbe war aus ihrem Gesicht gewichen.

»Haben Sie einen Schlüssel, Meli, dass wir in Santiagos Zimmer können?«

Doch Meli reagierte nicht.

»Okay, dann treten wir die Tür ein«, sagte Sven zu Meli, die ihn nur mit ihren Augen verfolgte. Er stand auf und wollte gerade ins Haus gehen, da hörte er eine altbekannte Stimme hinter sich.

»Sven? Wo willst du hin?« Es war Carlos, der gerade den Treppenabsatz erreichte.

»Santiago hat seine Zimmertür zugeschlossen und macht nicht auf. Ich wollte gerade die Tür eintreten.«

»Gibt es einen Zweitschlüssel?« Carlos schaute zuerst fragend zu Sven und dann zu Meli.

»Keine Ahnung. Meli reagiert nicht. Aber wir müssen sehen, dass wir in sein Zimmer kommen.«

Carlos nickte zögerlich. »Du bleibst hier. Ich gehe nach oben und regle das, ja?«

Carlos verschwand im Haus. Mit ihm zwei Uniformierte. Sven blieb stehen und lugte durch die offene Schiebetür ins Wohnzimmer. Doch konnte er von seiner Position aus nur den Treppenabsatz sehen und nichts weiter. Nervös trat er von einem Fuß auf den anderen.

196

Es dauerte einige Zeit, bis Carlos wieder auf der Treppe auftauchte und zielstrebig auf Meli zuschritt. »Der Junge ist nicht in seinem Zimmer, aber das Fenster steht offen. Wo könnte er hin sein?«

»Ich weiß nicht«, stammelte Meli, faltete ihre Hände wie zu einem Gebet und streckte sie Carlos entgegen. »Bitte! Sie müssen meinen Jungen finden.«

»*Señora*. Wir tun alles Erdenkliche, um Ihren Jungen zu finden. Aber Sie müssen uns helfen. Wo könnte Ihr Sohn hin sein?«

»Wir sollten bei der Baustelle mit der Suche beginnen«, sagte Sven. »Dort unten hat sich auch immer die Clique getroffen. Vielleicht haben sie sich dort alle versammelt.«

Carlos drehte seinen Kopf zu ihm, und seine Augen funkelten böse. »Wir? Wie oft noch? Wie oft muss ich dir noch sagen, dass du dich nicht einmischen sollst! Das ist nun Aufgabe der Polizei.«

»Ohne mich wüsstet ihr gar nicht, dass mit dem Jungen etwas nicht stimmt. Dass er abgehauen ist. Und du wolltest ja wissen, wo er sein könnte. Also, hier ist dein Anhaltspunkt!« Sven machte eine wegwerfende Handbewegung und verschränkte sogleich seine Arme vor der Brust. »Egal. Wenn du so viel schlauer bist, dann such dir doch selbst Infos. Ich bin raus. Jenny, wir gehen.«

»Aber, bitte«, mischte sich Meli ein und hielt Jenny am Unterarm fest. »Finden Sie meinen Jungen. Er ist alles, was ich noch habe.«

197

»*Señora*«, sagte Carlos. »Das ist Aufgabe der Polizei. Die beiden sind nur Privatermittler und würden nur die Polizeiarbeit stören. Ich gebe jetzt die Suchmeldung heraus.«

»Vielleicht sollte mal jemand nachsehen, ob sein Fahrrad in der Garage steht. Also, nur so als heißer Tipp vom *Nur*-Privatermittler. Viel Glück bei der Suche, Carlos. Meli, wir kommen später wieder vorbei, damit wir der Polizei nicht im Weg stehen.« Mit diesen Worten nahm Sven Jennys Hand, drehte sich um und stapfte zum Auto. Jennys Widerworte vernahm er nur wie durch Wattebäuschchen, die fest in seinen Ohren steckten. Von einer Sekunde auf die andere durchflutete eine heiße Welle seinen Körper, und dann platzte er heraus mit seinen Gedanken. »Was bildet sich dieser Wichser eigentlich ein? Nur weil er hier der Chefinspektor oder whatever ist, stellt er mich hin, als wäre ich der letzte Idiot auf Erden. So ein verschissenes Arschloch.« Sven öffnete die Fahrertür und ließ sich auf den Sitz fallen.

»Jetzt hör doch auf, so zu reden. Carlos macht auch nur seinen Job. Nicht mehr und nicht weniger. Du bist so ein Alphamännchen. Wenn irgendwas nicht nach deinem Kopf geht, dann bist du von null auf hundert in einer Sekunde. Beruhig dich doch mal.« Sven hatte den Wagen schon gestartet, und Jenny hatte Mühe, ihre Tür zu schließen, weil er bereits mit Karacho losgefahren war.

»Ich werde es Carlos schon noch zeigen, wer hier *nur* ein Privatermittler ist. Diesen Fall löse *ich*«, er tippte sich mit dem Zeigefinger auf die Brust, »nicht dieser aufgeblasene Kugelfisch.«

Schnurstracks fuhr er nach Hause, doch seine Laune hatte sich Minuten später, als er auf der Terrasse saß, nicht gebessert. Er kochte innerlich vor Wut. Er hatte sich noch nie gerne vorschreiben lassen, was er zu tun oder zu lassen hatte. Er zückte sein Telefon und wählte die Nummer von seinem alten Freund Lukas.

»Hallo, mein Freund«, sagte Lukas, als er das Gespräch entgegennahm. »Wie geht es dir?«

»Hey«, knurrte Sven und musste sich zusammenreißen, dass er nicht brüllte. Er atmete tief durch. »Gut geht es mir. Hör mal, weswegen ich dich anrufe …«

»Es geht um Infos, die du von deinem alten Freund haben willst, stimmt's?«, unterbrach Lukas ihn. »Ansonsten hättest du gar nicht mehr an mich gedacht.«

»Ja, ist ja schon gut. Ich melde mich selten. Wirf es mir vor, wie du willst. Aber ich brauche ganz dringend Infos. Komm, gib dir einen Ruck, und ich verspreche dir, mich zu bessern.«

»Du? Dich bessern? Du alter Hallodri. Ich glaub dir kein Wort. Aber gut, sei es drum. Was brauchst du?«

»Ich brauche alle Informationen über eine Gruppierung namens ›Die Tafelrunde‹. Die waren wohl vor dreißig Jahren in Österreich aktiv.«

»Was interessiert dich so ein alter Fall?«

»Hier sind Jungen lebendig einbetoniert worden in Säulen und einer in eine
199

Mauerrundung. Es gab einen ähnlichen Fall in Griechenland. Und ich befürchte, dass es auch einen Fall in Österreich gibt.«

»Also, davon weiß ich nichts, kann mich auch nicht an so einen Fall erinnern. Dass mal was in der Zeitung stand. Doch wir beide waren vor dreißig Jahren selbst noch Kinder.« Lukas lachte, wurde aber gleich wieder ernst. »Aber ich grab da mal ein wenig nach für dich. Ich melde mich, sobald ich was Genaueres habe, okay?«

»Lukas? Es ist wichtig. Extrem wichtig. Es könnten hier noch mehr Jugendliche sterben. Ein Täter wurde gefasst, aber wenn die ganze Gruppe hier ist, dann wäre das fatal.«

»Okidoki. Ich beeile mich. Wo steckst du überhaupt?«

»Auf Gran Canaria«, sagte Sven kurz und knapp. Derzeit wollte er keinen Smalltalk mit Lukas halten. Das könnten die beiden auch zu einem späteren Zeitpunkt besprechen.

»Okidoki.« Lukas beendete das Gespräch.

55

Vor 31 Jahren

Ich fühlte mich, als wäre ich in einer anderen Welt angekommen, als ich mit Onkel John den Schrebergarten betrat. Er lag in einem Randgebiet von Wien. Umgeben von Wäldern und Wiesen. Und die Ruhe hier konnte man fast zwischen den Fingerspitzen fühlen. Noch nicht mal drei Schritte hatte ich auf dem gepflasterten Weg hinter mich gebracht, da kam eine Frau mit grau meliertem rotem Haar auf uns zu. Doch ihre Augen strahlten ebenso wie das Lächeln auf ihrem Gesicht, als sie mich erblickte. Auch sie hatte etwas an sich, was mich wie ein Magnet anzog.

»Herzlich willkommen, John-Boy. Ich bin Nicole«, sagte sie und streckte mir zur Begrüßung die Hand entgegen. Ich erwiderte die Geste.

»Komm, Junge. Hier ist deine Aufgabe, die du von deinem Vater vererbt bekommen hast.« Onkel John zeigte auf die zahlreichen Gemüsebeete, die auf dem kleinen Grundstück verteilt waren. »Du bist ab jetzt verantwortlich dafür, dass wir alle etwas zum Essen haben.«

»Alle?«, fragte ich zögerlich, doch ich bekam keine Antwort darauf.

Onkel John führte mich in das Innere des Minihauses, das sehr spärlich eingerichtet war. Am Boden lagen Matratzen, und Kinder unterschiedlicher Altersgruppen saßen im Schneidersitz nebeneinander und starrten in Bücher. Einige hatten einen roten Wuschelkopf, andere schwarze Haare. Es sah fast so aus, als wären sie festgewachsen, denn außer, dass sich ihre Brustkörbe hoben und senkten, bewegte sich keines der Kinder.

»Hallo«, grüßte ich, doch wurde ich sofort von Onkel John zurechtgewiesen.

»Das machst du nie wieder, hörst du?« Er zog mich an meinem Oberarm zurück, sodass ich fast das Gleichgewicht verlor. Er kam nah an mein Gesicht, und ich spürte seinen Atem auf meiner Wange.

»Ich ... aber ...«, stammelte ich, doch sofort verstummten meine Worte.

»Niemals darfst du die Kinder stören. Sie befinden sich alle in der Lernphase. Jede Störung wäre fatal und würde unsere Gruppe gefährden. Willst du das etwa? Du hast dich entschieden, John-Boy. Du wähltest mich und nicht deinen Vater. Dann steh auch hinter deiner Entscheidung. Wir werden dir alle helfen, ein Leben zu führen, das harmonisch und ausgewogen ist. Wir werden die Welt zu einem besseren Ort machen, und du bist Teil des großen Ganzen. Ich stelle dich ein letztes Mal vor die Wahl: Willst du bleiben oder gehen?«

Meine Hände begannen zu zittern, als ich seine Worte verstand. *Wo soll ich bloß hin? Es ist keiner mehr aus meiner Familie am Leben!* Ich dachte an meinen Vater, der tot im Garten des Hauses lag. *Was würde passieren, wenn ich nun von hier fortgehe? Was würde mit mir passieren?* Eines war mir zu diesem Zeitpunkt schon bewusst – dass ich nur mehr Onkel John hatte, der sein ganzes Leben lang auf mich aufpassen würde. Und wenn ich ihm den Rücken zuwandte, dann wäre ich allein.

»Ich bleibe bei dir.«

»Schön«, sagte er. »Es wird dir bei uns an nichts fehlen.«

»Ich werde dir am Anfang bei deiner Arbeit helfen.« Die Frau mit den rotgrauen Haaren stand wie ein Geist auf einmal neben mir.

Ich nickte nur, und sie führte mich in den Garten zurück. Sie gab mir ein Werkzeug mit drei Zacken in die Hand. Im ersten Moment wusste ich nichts damit anzufangen, doch nach einer kurzen Erklärung von ihr hatte ich verstanden, was meine Aufgabe war. Während wir gemeinsam das Unkraut aus den Beeten zupften, fragte ich sie: »Sind das alles deine Kinder?«

»Nein, sie gehören alle der Gruppe. Sie haben mein Erbgut und das unseres Anführers in sich. Wenn wir eines Tages sterben, werden sie unsere Arbeit fortsetzen.«

»Das heißt, du hast alle Kinder auf die Welt gebracht, die da drinnen sitzen?«, sagte ich und nickte in Richtung Minihaus.

»Nein, einige sind auch von Klara. Sie ist heute nicht da. Sie hat schließlich eine Aufgabe zu erledigen.«

Ich konnte mich im ersten Moment nicht entscheiden, ob es nun klüger wäre, den Mund zu halten oder doch nachzufragen. Doch dann siegte die Neugier. »Welche Aufgabe hat sie?«

So wie mich Nicole anstarrte, hätte ich mir am liebsten auf den Mund geschlagen.

»Du stellst viele Fragen, John-Boy. Das musst du dir dringend abgewöhnen.«

Plötzlich ging die Gartentür auf, eine schlanke schwarzhaarige Frau trat ein. An ihrer Hand ein Mädchen, das seinen Kopf gen Boden gesenkt hatte. Ihre Schuhsohlen schlurften über die Steine. Sie war so alt wie ich. Ihre Haare waren genauso tiefschwarz wie die der unbekannten Frau.

»Und?«, fragte Nicole, doch die andere Frau antwortete nicht, sondern schubste das Mädchen von sich weg und befahl ihm, ins Haus zu gehen und den kompletten Fußboden zu schrubben. Nicole stand auf, und die beiden Frauen unterhielten sich. Ich konnte leider nur Wortfetzen verstehen, doch gerade genug, dass ein Deal geplatzt sei und das Mädchen wohl noch einige Zeit hier sein müsse.

Stunden später holte mich Onkel John wieder ab, und wir fuhren nach Hause. *Nach Hause!*

204

Was ist ein Zuhause? Ist es ein Ort?, fragte ich mich und dachte wieder an meinen Vater. Ich vermisste ihn, dabei war er doch erst wenige Stunden tot. Fest nahm ich mir vor, an der Stelle im Garten, wo ich heute die Steine aufgeschichtet hatte, Blumen zu pflanzen. Schöne Lilien, das waren Mutters Lieblingsblumen gewesen. Ich konnte es im ersten Moment nicht glauben, dass ich tatsächlich an Vater und Mutter im selben Gedankengang dachte. Doch dann kam wieder diese Wut in mir auf, als Onkel John an der Stelle vorbeifuhr. Der Baum. Das Blut. Und Vater mit den geröteten Augen. Nein, ich würde keine Blumen auf sein Grab pflanzen. Das hatte er sich nicht verdient.

Im Haus schlüpfte ich nach einer ausgiebigen Dusche in meinen Lieblingspyjama. Der dunkelblaue, der mir nur mehr knapp über die Knie reichte und insgesamt sehr eng saß. Ich vermisste Mama so sehr.

56

Sven und Jenny – Sonntag, vormittags

Sven trommelte mit seinen Fingern auf die Tischplatte und schaltete alle paar Sekunden das Display seines Handys an. Plötzlich stand er auf, und der Stuhl, auf dem er gesessen hatte, fiel mit lautem Poltern auf den Boden. Jenny stieß einen leisen Schrei aus. Sie war völlig in Gedanken versunken gewesen und hatte auf das Meer gestarrt.

»Ich mach mir einen Kaffee. Willst du auch einen?«, fragte Sven und schritt zur Kaffeemaschine.

»Ich denke nicht, dass Koffein jetzt gut für dich ist.«

»Da ich nicht schwanger bin oder an Bluthochdruck leide, denke ich schon, dass ich mir einen Kaffee machen kann. Ich bin doch kein kleines Kind mehr, das sich von jedem alles vorschreiben lassen muss. Meinst du nicht?« Sven schaute sie streng an, doch sogleich änderten sich seine Gesichtszüge. »Sorry, Schatzi. Ich wollte dich nicht so anfahren. Aber das Ganze ärgert mich maßlos.«

»Carlos hat das sicher nicht so gemeint, wie er es gesagt hat. Du weißt doch, wie er ist. Ihr habt doch beide gerne die Zügel in der Hand. Beruhig dich doch. Er macht sich sicher auch Sorgen um Santiago.«

»Dann soll er so was nicht sagen. Dann kann man das auch nicht falsch verstehen.«

Sven drückte auf die Taste der Kaffeemaschine, und einen Moment später war der Kaffee schon in der Tasse. Svens Telefon läutete. Es war seine Schwester.

»Was will die jetzt schon wieder von mir? Sie soll mich doch einfach in Ruhe lassen«, sagte er, aber nach kurzem Zögern nahm er das Gespräch entgegen. »Was willst du?«

»Sven, mein liebster großer Bruder«, tönte es ihm aus dem Lautsprecher entgegen. »Nachdem du nicht auf meine Nachrichten reagierst, dachte ich mir, ich ruf dich so oft an, bis du abhebst.«

»Nun bin ich ja dran. Also, was willst du?«

»Ich brauche deine Hilfe.«

Am liebsten hätte er das Telefon in irgendeine Ecke geschmissen, nur damit er nicht mit seiner Schwester reden musste. »Das ist mir klar. Das ist auch der einzige Grund, warum du anrufst. Von mir kriegst du kein Geld mehr, sag ich dir gleich vorweg. Die Frage kannst du dir also sparen.«

»Aber, Brüderchen«, flötete Stefanie. »Ich will doch kein Geld von dir. Was du wieder denkst. Ich hab mich geändert, das weißt du doch. Ich will, dass du mich zum Traualtar führst.«

Sven stockte für einen Moment der Atem. »Was?«

»Na, Vati kann mich nicht mehr zum Traualtar führen. Deswegen sollst du seine Rolle übernehmen. Ich brauche dich. Bitte, erfüll mir diesen Wunsch.«

»Du willst heiraten? Wen? Wann? Warum überfällst du mich so damit?«

»Nächstes Jahr im Frühling. Ich dachte an April. Marlec und ich schauen noch nach einem passenden Termin. Bitte, Sven. Mach das für mich. Es war Vatis größter Wunsch, dass er mich zum Traualtar führt. Du hast ihm an seinem Sterbebett versprochen, dass du diese Aufgabe für ihn übernimmst. Komm, gib dir einen Ruck.«

»Wenn Mutter kommt, dann komm ich mit Sicherheit nicht.«

»Du weißt, dass ich Mutter auch dabeihaben will. Jetzt vergiss doch mal, was war. Mutter hat sich geändert. Wirklich!«

»Jaja, das hast du schon so oft gesagt. Komm schon, diese Hexe ändert sich nicht. Sie spielt dir nur was vor.«

»Nein! Sie hat Marlec als ihren Schwiegersohn akzeptiert. Du musst wissen, sein Vater ist afrikanischer Abstammung. Seine Mutter ist Österreicherin. Ich sag immer zu ihm, dass mich seine Hautfarbe an Vollmilchschokolade erinnert. Ich liebe Marlec, und er liebt mich. Und Mutter … sie liebt ihn auch. Bitte, Sven. Du weißt, was Vatis größter Wunsch war. Tritt du an seine Stelle. Wenn du es schon nicht für mich machst, dann zumindest für Vati.«

Sven knirschte mit den Zähnen. »Ich überleg es mir.«

Ein lautes Quietschen von Stefanie drang in seinen Gehörgang. »Ja, danke, Sven.«

»Moment! Stefanie, ich hab nicht ja gesagt.«

»Ich liebe dich, mein Lieblings-Großer-Bruder.«

»Du hast doch nur mich als Bruder.« Sven musste lachen. Hatte sie ihn doch tatsächlich wieder um den Finger gewickelt.

»Eben. Deswegen bist du ja mein Lieblings-Großer-Bruder.«

Ein Klopfen in der Leitung veranlasste Sven, das Gespräch zu beenden. »Hör zu, Schwesterchen. Wir telefonieren die Tage mal, ja? Ich muss auflegen. Ein Kunde ruft mich an.«

»Ja …«, sagte Stefanie noch, doch Sven hatte schon das andere Gespräch angenommen.

»Sven! Das ist unglaublich, was ich dir jetzt erzählen werde«, sagte Lukas atemlos. »Diese Tafelrunde, von der du mir erzählt hast, war eine Sekte. Vor fünfundzwanzig Jahren wurde der Polizei durch einen anonymen Anruf ein Tipp gegeben, dass in einem Schrebergarten in der Nähe von Wien ein merkwürdiges Ritual abgehalten wurde. Die Anruferin sagte etwas von Hexen und schwarzen Gestalten, die wohl dort eine Zeremonie abhielten. Zumindest tanzten sie um ein Feuer mitten im Garten, das mehrere Meter hoch war, und sangen Lieder in

209

einer fremden Sprache, die wie Beschwörungsformeln klangen. Die Polizisten nahmen elf Leute fest, die sich gegen die Einsatzkräfte wehrten und die alle unter Wahnvorstellungen litten. Sie hatten vermutlich Rauschmittel zu sich genommen. Doch als die Feuerwehr dazukam und das Feuer löschte, kam eine verbrannte Kinderleiche zum Vorschein. Bei späteren Untersuchungen wurden Überreste von sieben Kindern verschiedener Altersgruppen in der verbliebenen Asche gefunden. Das jüngste war gerade mal sieben Monate alt. Eine der Festgenommenen, Nicole Schein, ging einen Deal mit dem damaligen Staatsanwalt ein. Sie gab zu Protokoll, dass dieses Ritual einmal jährlich durchgeführt wurde, um die Gruppe von den Schwächsten zu befreien. Auf Nachfragen, gab sie an, dass es sich bei dem Baby um ein behindertes Kind handelte, dass sie geopfert hatte. Bei allen anderen Kindern war eine Säuberung durchgeführt worden. Nahrungsentzug, Schlafentzug und Schläge soll es gegeben haben, um die Auslese – so nannte es Schein – durchzuführen. Ebenso wurden neun stark vernachlässigte Kinder in dem Haus im Schrebergarten aufgefunden. Alle waren unter Drogen gesetzt worden. Sie wurden dem zuständigen Jugendamt übergeben und kamen in verschiedene Kinderheime. Keines der Kinder konnte eine Aussage machen, und einige haben heute noch mit den Spätfolgen des

Drogenmissbrauchs zu kämpfen. Es sollen wohl nur zwei Frauen gewesen sein, die durch den Anführer Wilhelm Garnitz und durch einen noch unbekannten zweiten Mann schwanger geworden waren. Insgesamt sollen sie mit den beiden Frauen über zwanzig Kinder gezeugt haben. Alle waren Hausgeburten. Die Geburtshelferin war jeweils die andere Frau.«

Sven schluckte. »Boah, das ist ja krass. Das muss ich erst mal verdauen.«

»Und es geht noch weiter. Laut Aussage von Nicole Schein wurden alle Kinder, die das Alter von vierzehn erreicht hatten, verkauft. Sie wurden einmal jährlich wie bei einer Vieh-Auktion angepriesen, und das beste Angebot gewann. So hat die Gruppe sich finanziert. Es gab damals zwar eine großangelegte Suchaktion nach den verkauften Kindern, doch blieb die ohne Erfolg. Es gab keinerlei Aufzeichnungen über die ... ich nenne sie mal Käufer. Schein gab an, dass die Käufer die Kinder wie Sklaven hielten und einige von ihnen bereits nach kurzer Zeit verstarben und die ehemaligen Besitzer sich dann erneut ein Kind ersteigerten.«

»Was ist mit dem Anführer, diesem ... Wie hieß er noch mal?«

»Wilhelm Garnitz hieß er. Der ist entwischt, so wie einige andere auch. Insgesamt sollen es fünfzehn Personen gewesen sein, die bei der Gruppierung dabei waren.«

»Was weißt du über einen Alfred Kerwein. Taucht der auch in deiner Liste auf?«

211

Gleich darauf folgte ein Tippgeräusch. Dann räusperte Lukas sich. »Okidoki. Dieser Alfred Kerwein ist im Alter von zwölf Jahren verschwunden. Das Haus, in dem er mit seinem Vater gewohnt hatte, gehörte auch der Gruppe. Anscheinend hat es Clemens Kerwein Jahre zuvor für einen obligatorischen Schilling verkauft. Allerdings wurde das Haus eine Woche, nachdem die Sekte aufgelöst wurde, verkauft, und die Zahlungen gingen über verschiedene Konten auf der ganzen Welt. Du musst verstehen, dass es vor fünfundzwanzig Jahren nicht solche Möglichkeiten gab wie heute mit dem Internet, um den Transfer nachzuverfolgen. Alfreds Vater – Clemens Kerwein – fand man verscharrt im Garten des Hauses. Laut Obduktionsbericht war er allerdings schon sechs Jahre, bevor die Sekte aufgelöst wurde, tot. Die neuen Besitzer fanden die Überreste beim Aushub eines Pools. Grausig, ich will mir gar nicht vorstellen, wenn man da etwas ...«

»Konzentriere dich bitte aufs Wesentliche«, wurde Lukas von Sven unterbrochen.

»Okidoki. Ich wollte ja nur ... Egal. Also, es wurden Gartengeräte sichergestellt, die in einer Hütte lagerten. Darauf fanden sich Fingerabdrücke und DNA-Spuren, die man aber bisher niemandem zuordnen konnte. Laut Akten und der Beschreibung der Verdächtigen Schein wurde Alfred Kerwein am Todestag seines Vaters in die Gruppe integriert.«

»Ich bin verwirrt. Also dieser Alfred Kerwein ist im Alter von zwölf Jahren verschwunden, und keiner hat ihn jemals wiedergefunden? Und er war eines der Opfer dieser Gruppe? Und sein Vater lag sechs Jahre lang unter der Erde im Garten und verweste da vor sich hin, und keiner hat was gemerkt? Was war denn mit der Mutter?«

»Ob er nun dieser Gruppierung zum Opfer gefallen ist oder ein Teil dieser wurde, konnte nie so wirklich festgestellt werden. Seine Mutter starb vier Jahre vor Alfreds Verschwinden bei einem Autounfall. Sie starb noch an der Unfallstelle, doch Alfred hatte keinen Kratzer.« Sven hörte wieder das Tippgeräusch, und Lukas sprach weiter. »Laut Aufzeichnung soll er als Bauunternehmer sein Geld verdient haben. Moment! Sagtest du nicht, dass du einen Fall mit einbetonierten Jungen hast? Was ist ...?« Doch weiter sprach Lukas nicht mehr, und Svens Befürchtung, dass es auch in Österreich Bauten gab, die menschliche Überreste in sich trugen, war ganz nah an ihn herangerückt.

»Ich hab da eine schlimme Vorahnung. Kommst du an die Firmenunterlagen von diesem Garnitz ran? Ich meine, seine Projekte, die er gebaut hat?«

»Ja, klar doch. Hallo? Ich bin Polizist und krieg alles. Ich hab noch einige Akten hier auf dem PC, doch die sind unter Verschluss. Da muss ich nachfragen, aber der Chef ist sicher

213

interessiert, dass alles aufgeklärt wird. In ein paar Stunden wissen wir mehr.«

»Okay, klingt super. Sag mir auf jeden Fall Bescheid, wenn du da was rausfindest. Also nochmals zurück zu Alfred Kerwein. Er hat sich hier auf Gran Canaria unter falschem Namen angesiedelt. Interessant wäre es, zu wissen, ob ein gewisser Max Heger in deinen Akten auftaucht.« Wieder hörte Sven ein Tippen.

»Nein, da hab ich nichts.«

»Und kannst du mir ein Foto schicken von diesem Wilhelm Garnitz? Hast du eins im System?«

»Klar doch. Er ist bis zum heutigen Tag noch zur Fahndung ausgeschrieben. Schick ich dir gleich rüber.«

Sven hörte den Klingelton in der Leitung. Er stellte das Gespräch auf Lautsprecher und schaute auf das Foto. Eine gewisse Ähnlichkeit bestand zwischen Wilhelm Garnitz und Friedrich Clausen. Doch mit Sicherheit konnte er das nicht sagen.

»Also, wenn das so ist, wie ich es mir denke, dann hat sich die Fahndung erledigt. Aber ich sag mal danke für die Info. Ich schulde dir was.«

»Definitiv. Mindestens drei Bier«, sagte Lukas und lachte.

»Ich meld mich später bei dir. Ich muss mit unserem Inspektor hier sprechen und ihm erzählen, was ich herausgefunden habe. Eigentlich muss man doch nur eins und eins zusammenzählen. Wenn das Haus diesem

214

Bauunternehmer gehörte, wie lange hatte er den Jungen in seiner Gewalt? Ich meine, überleg mal, wenn dieser Alfred Kerwein vielleicht seit seinem zwölften Lebensjahr bei dieser Sekte war, nahm diese einen gehörigen Einfluss auf sein Leben.«

»Wurde er als Kind entführt? Und vor allem, in welchem Verhältnis stand der Vater zu der Sekte? Schließlich hat er doch das Haus an den Bauunternehmer verkauft. War auch er ein Teil davon?«

»Das gilt es nun herauszufinden«, sagte Sven. »Ich meld mich, okay?«

»Okidoki, und vergiss meine drei Bier nicht.«

Sven beendete das Gespräch, stand auf und holte sich einen Block und einen Kugelschreiber.

»Schatz? Was machst du? Ich dachte, du willst Carlos anrufen?« Jenny schaute ihn mit großen Augen an.

»Warte mal kurz. Ich muss das in meinem Kopf ein wenig sortieren.«

Er schrieb auf den Notizblock: ›*Alfred Kerwein – 12 Jahre, Max Heger – ?*‹

»Also wenn der kleine Alfred entführt wurde mit zwölf, wann wurde er zu Max Heger? Und könnte es möglich sein, dass er unter falschem Namen auf Santorin lebte? Ich meine, Carlos hat ja diesbezüglich erwähnt, dass es einen Geschäftspartner gab. Des Weiteren müssen wir herausfinden, wer den Vater von Alfred Kerwein getötet hat. Und vor allem, warum die beiden in dem Haus wohnten, das Wilhelm Garnitz

215

gehörte. Wenn ich das richtig verstanden habe, gab es vor ihm einen anderen Anführer. Was ist mit dem passiert?« All seine Fragen und Überlegungen notierte er auf dem Notizblock.

»Du musst auch noch den Fund der toten Jungs, die auf Santorin einbetoniert worden sind, in deine Liste aufnehmen. Auch den Tod von diesem Bauunternehmer Friedrich Clausen.« Jenny tippte auf seine Aufzeichnungen.

»Und was ist, wenn dieser Clausen und dieser Garnitz ein und dieselbe Person sind?«, sagte Sven und zeichnete mit dem Kugelschreiber kleine Punkte auf das Papier. »Garnitz wurde verdächtigt, den Mord an Kerweins Vater begangen zu haben, und er war der Anführer dieser grausamen Sekte. Vielleicht war Alfred Kerwein sein Opfer und wurde gezwungen, mit Garnitz zu flüchten. Oder was ist, wenn Alfred Kerwein mit ihm freiwillig geflohen ist und vielleicht beide unter falschem Namen auf Santorin gelebt haben?«

»Deine Überlegung ist gut«, sagte Jenny. »Komm, lass uns unsere neuen Erkenntnisse Carlos präsentieren.«

»Nee, dann kassiert er die Lorbeeren.«

»Sven! Hier geht es nicht mehr darum, wer nun was aufklärt. Was ist, wenn dieser Max, Alfred, oder wie auch immer er heißt, einen Komplizen hatte bei seinen Morden? Was ist, wenn hier auf der Insel noch so ein Geisteskranker herumschwirrt?«

216

Sven seufzte und erhob sich. »Du hast recht. Wir werden das Carlos sagen müssen. Vielleicht kann er über seinen Kollegen von Interpol etwas erreichen.«

»Wo willst du jetzt hin? Ich dachte, wir telefonieren mit Carlos.«

»Ja, von unterwegs. Ich will bei Meli vorbeischauen. Mal sehen, ob Santiago schon gefunden wurde. Die Arme tut mir echt leid. Zuerst der Schock mit ihrem Mann, nun verschwindet der Sohn. Das ist alles etwas viel auf einmal.«

Wenige Minuten später fuhren die beiden mit dem Auto an Melis Haus vorbei. Keine Polizisten mehr weit und breit. Sven blieb am Straßenrand stehen, und Jenny hüpfte aus dem Auto. Sie klingelte, doch als keinerlei Reaktion kam, stieg sie wieder ins Auto ein.

Sven hatte unterdessen bei Carlos angerufen, doch dieser hatte das Gespräch nicht angenommen.

»Okay. Und jetzt?«, fragte Jenny.

»Wir fahren zur Baustelle, wo man die Jungs gefunden hat. Vielleicht ist Carlos ja dort, und bei Meli fahren wir auf dem Nachhauseweg wieder vorbei.«

»Ja, bitte fahren wir an den gruseligen Ort«, sagte sie und rümpfte die Nase, als wäre ein widerlicher Gestank in der Luft. »Ich kann dort nie wieder spazieren gehen, ohne an diese Säulen mit den Jungs zu denken.« Sven registrierte im Augenwinkel, dass Jenny sich leicht schüttelte.

***

An der Einfahrt der Baustelle wehte ihnen Absperrband entgegen. Zwei Polizeiautos standen dahinter. Jenny und Sven gingen den schmalen Weg entlang, der neben der abgesperrten Baustelle Richtung Meer führte. Als sie die erste Kurve erreichten, sah Sven, dass auf dem Betonpodest mit den drei Säulen ein Zelt aufgestellt worden war.

»Ich hoffe, dass dort nie wieder ein Pavillon hinkommt. Du nicht auch?«, fragte Jenny ihn und legte ihre Hand in seine.

»Grausame Vorstellung, ja.« Das Geräusch eines Presslufthammers ertönte. »Siehst du Carlos?«

Jenny ging näher ans Absperrgitter und lugte ebenso wie Sven hindurch. »Nein, ich hab sein Auto auch nicht auf dem Parkplatz gesehen.«

In dem Moment läutete Svens Handy.

»Hallo, Carlos.«

»Du hast angerufen?«

»Ja, ich muss dir etwas Wichtiges erzählen, was ich über diesen Alfred Kerwein herausgefunden habe.«

»Okay! Wo bist du gerade?« Wieder ertönte das Geräusch des Presslufthammers.

»An der Baustelle, wo sie die Jungs gefunden haben.« Ein gellender Schrei erklang durchs Telefon. »Was war das? Wer schreit da?«

»Wir haben Santiago gefunden. Ich bin an der Playa de Arguineguín. Komm her, wir treffen uns beim Parkplatz vorne. Da kannst du mir die Neuigkeiten erzählen, ¿vale?«

»Ja, sind gleich da.« Sven legte auf und steckte sein Handy weg.

»Sie haben Santiago gefunden?«, fragte Jenny, während sie zum Auto zurückhasteten.

Keine fünf Minuten später fuhren sie auf den Parkplatz am Stadtstrand und wurden schon von Carlos erwartet. Sven parkte, stieg aus und ging auf Carlos zu.

»Also, was ist mit Santiago?«, fragte Sven.

»Er ist da vorne. Seine Mutter ist bei ihm.« Carlos zeigte auf die Felsen, die vor wenigen Stunden noch Schauplatz einer Verfolgungsjagd gewesen waren. Soeben waren Sanitäter dabei, den blonden Jungen auf eine Trage zu legen.

Sven beobachtete, wie Santiago in den Krankenwagen gehievt wurde. Allerdings fuhr dieser noch nicht los. Noch bevor er darüber nachdenken konnte, welche Gründe das wohl haben könnte, hörte er einen gellenden Schrei und sah eine Frau mit hellbraunen Haaren aus dem Krankenwagen stürzen. *Meli!,* schoss es ihm wie eine Kanonenkugel durch den Kopf. Einer der Sanitäter rannte ihr hinterher und fing sie im letzten Moment auf, bevor sie auf den Boden geknallt wäre.

»Oh mein Gott«, sagte Jenny. »Was ist mit Santiago? Ich muss zu Meli.« Noch während sie sprach, rannte sie los.

219

Carlos schaute ihr nach. Dann drehte er sich zu Sven um. »Santiago hat sich die Pulsadern aufgeschnitten. Wir dachten, wir könnten ihn noch retten. Doch es ist anscheinend zu spät.«

»Er hat sich umgebracht? Nein! Das kann ich nicht glauben. Aus Scham, was sein Vater getan hat?«

»Santiago hat einen Abschiedsbrief hinterlassen. Er wollte nicht so werden wie sein Vater, schrieb er.«

»Was? Das versteh ich jetzt nicht!«, sagte Sven.

»Komm, ich zeig dir den Brief. Wir haben ihn schon eingetütet. Wir müssen zum Auto.«

Carlos ging voraus, und Sven schlich hinterher. Es war wie eine Bombe, die in seinem Kopf explodiert war. Santiago hatte sich umgebracht, sein Vater war mehr tot als lebendig und ein vielfacher Mörder. Sven war froh, dass Jenny zu Meli gerannt war. Er konnte mit solchen Situationen überhaupt nicht umgehen. Aber wer wusste schon, wie man bei solch schrecklichen Nachrichten richtig reagierte?

»Also, welche Infos hast du für mich?«

Für Sven kam diese Frage sehr unvermittelt und völlig aus dem Zusammenhang gerissen. Doch sogleich verstand er, dass die Hintergründe aufgedeckt werden mussten und es für Santiago keine Hoffnung mehr zu geben schien. »Wir geben dir Infos, im Gegenzug gibst du uns welche, okay?«

220

»Das ist wieder Bestechung eines Polizeibeamten.«

»Carlos! Versteh doch endlich, dass wir beide auf der gleichen Seite arbeiten.«

Carlos nickte zögerlich.

»Also, ich hab mit meinem ehemaligen Polizeikollegen in Österreich gesprochen«, begann Sven. »Dieser Alfred Kerwein ist mit zwölf Jahren verschwunden. Sein Vater wurde ermordet und ...«

»Das weiß ich doch schon längst alles«, unterbrach Carlos ihn. »Erzähl mir was Neues oder geh!«

»Okay, dieser Fall in Griechenland mit diesem Bauunternehmer ...«, sagte Sven und lugte auf seinen Notizzettel. »Friedrich Clausen. Die Todesumstände wurden ja nie aufgeklärt. Jetzt überleg mal, wenn dieser Clausen und der Sektenführer Wilhelm Garnitz ein und dieselbe Person sind ...«

»Das lässt sich leicht überprüfen. Allerdings fehlt mir da der Zusammenhang.«

»Hör mal, wir wissen doch, dass Alfred Kerwein seinen Namen geändert hatte. Die Frage ist, wann er dies gemacht hat. Könnte es nicht möglich sein, dass er mit dem Sektenführer, der ebenso einen anderen Namen angenommen hat, weil er doch ein Tatverdächtiger beim Mordfall von Kerweins Vater war, gemeinsam nach Santorin ist? Ob jetzt freiwillig oder ob er dazu gezwungen wurde, lass ich mal so im Raum stehen. Und

221

dass dieser Geschäftspartner Alois Hofnick kein anderer als Alfred Kerwein ist? Ich meine, die Fingerabdrücke von Kerwein auf Santorin wurden jetzt identifiziert.«

»*Vale*. Ich ruf meinen Freund bei Interpol an und gebe ihm mal diese Theorie durch. Wenn es einer überprüfen kann, dann er.«

57

Vor 29 Jahren

Endlich! Heute war mein vierzehnter Geburtstag. Heute war der Tag der Tage. Onkel John hatte mir versprochen, dass er eine Überraschung für mich habe. Etwas, das ich mir schon immer gewünscht hatte. Meine Hände zitterten leicht vor Aufregung.

Die letzten zwei Jahre hatte ich in der Gruppe verbracht, war brav mit Onkel John auf Streifzug gegangen und hatte mich um den Garten gekümmert. Ich tat alles für ein kleines Lob von ihm. Onkel John sagte immer zu mir, ich müsse von ihm lernen. Eines Tages würde ich seine Aufgaben in der Gemeinschaft übernehmen. Das Geld für die Gruppe zusammenbringen. Doch das ginge nur, wenn die Bauwerke auch hielten und nicht in sich zusammenfielen. Natürlich mussten wir Jungs von außerhalb besorgen, schließlich mussten doch die anderen Kinder, die der Gruppe gehörten, Geld in die Kasse spülen. Vielleicht ... vielleicht war heute der Tag, an dem er mich endlich auch an die Jungs ranlassen würde. Bisher durfte ich nur zusehen. Durfte sie weder berühren noch den Beton anmischen. Voller Vorfreude war ich schon wach, bevor Onkel John meine Zimmertür aufschloss. Das Kribbeln in meinem Bauch wurde von Sekunde zu Sekunde stärker.

Im Geiste stellte ich mir vor, wie es wäre, die flüssige Masse über den blonden Schopf des Jungen zu gießen, den ich ausgesucht hatte für diese besondere Aufgabe. Ob er auch so zucken würde wie der Letzte, wenn der Beton seine Nase verschloss? Wenn kein Sauerstoff mehr in seine Lungen kommen konnte?

Okay, Onkel John hatte mit mir geschimpft, weil ich das Betäubungsmittel, das die Jungs vor Schäden bewahren und in der richtigen Position halten sollte, nicht richtig dosiert hatte. Ich zeigte sofort Reue, wenngleich ich es mit voller Absicht getan hatte. *Aber was Onkel John nicht weiß, macht ihn nicht heiß.* Ich grinste.

Das Klicken des Türschlosses holte mich wieder von diesem Moment des Luftschlösserbauens zurück.

»Gu...«, sagte ich, doch Onkel John legte sofort seinen Zeigefinger auf den Mund. So leise ich konnte, schlich ich aus dem Zimmer. Das Kribbeln in mir verstärkte sich, je näher wir dem Zimmer unseres Führers, Noah Siemens, kamen. Es war das Zimmer, in dem Jahre zuvor noch mein Erzeuger geschlafen hatte. Und viele Jahre zuvor meine Mutter. Seither hatte ich es nie wieder betreten. Ich musste schlucken, als ich daran dachte, doch sogleich verdrängte ich den Gedanken und freute mich auf mein Geburtstagspräsent. Ich hatte keine Ahnung, was da auf mich wartete, doch hoffte ich, dass es das schönste Geschenk war, das Onkel John mir jemals gemacht hatte.

»Du wirst das nun zu Ende bringen«, flüsterte mir Onkel John ins Ohr. Doch ich verstand nicht, was er meinte, bis er die Tür öffnete und ich Noah sah, der tief und fest schlummerte.

»Die nächste Ebene«, murmelte ich, so leise ich konnte.

Meine Hände schwitzten so stark, dass ich sie mehrmals an meiner Hose abwischen musste. Ich, ausgerechnet ich, durfte den Führer auf die höchste Stufe der Gruppe führen. In die Erleuchtung, in den Frieden, nach dem sich alle so sehnten. Onkel John drückte mir ein Kissen in die Hand. Meine Hände nahmen es zitternd entgegen. Ich huschte ins Zimmer und presste es auf Noahs Gesicht. »Mein Sohn!«, klang es noch aus seinem Mund, aber die Gegenwehr war schwach. Dünnes, ausgemergeltes Gebein. Es war nur mehr eine Hülle von ihm übrig, seit ihn die Krankheit auffraß und sein Leben langsam auslutschte. Ich kniete mich auf seinen Brustkorb, um auch den letzten Sauerstoff aus seiner Lunge zu pressen. Doch viel zu schnell war es vorbei. Und Enttäuschung machte sich in mir breit. Es war nicht so, wie ich mir das vorgestellt hatte. Gar nicht. Nicht mal annähernd. Ich spürte Onkel Johns Hand auf meiner Schulter. »Es ist gut, John-Boy. Du hast ihm geholfen.«

Diese Worte hallten wie ein Echo in meinen Ohren wider. Eine Wut staute sich urplötzlich in mir auf, und ich ballte meine Hände zu Fäusten. Geholfen! GEHOLFEN! Schnell entspannte ich mich wieder. Versuchte, durch die Nase ein- und durch den Mund auszuatmen. Das hatte ich von Onkel John gelernt. Doch das konnte nicht die ganze Überraschung gewesen sein.

Jetzt! Jetzt würde ich die Schaufel in die Hand bekommen. Onkel Johns Schaufel! Er war nun der neue Führer. Aufgestiegen auf ein neues Level, genau so wie ich gleich die nächste Ebene erreichen würde. Ich entfernte mich von dem toten Körper unter mir und stellte mich aufrecht hin. Kopf nach oben, Brustkorb raus, die Füße fest aneinander. Bereit für das Geschenk!

Aber Onkel John verließ wortlos das Zimmer. Ich folgte ihm. Er ging hinaus in den Garten und verkündete den anderen die frohe Botschaft. Alle beglückwünschten ihn! IHN! Dabei war es mein Verdienst gewesen! Mein besonderer Tag! Und schlagartig platzte es aus mir heraus: »Ich! Ich hab ihn in die Unsterblichkeit geschickt. Hinauf zu den Göttern. Es ist mein besonderer Tag! Wo ist nun meine Überraschung?«

Onkel John drehte sich zu mir um und lächelte mich an. Ganz nah kam er an mein Gesicht und drückte mir einen Kuss auf die Stirn. »John-Boy. Du bist noch nicht bereit für die nächste Stufe. Du musst lernen, deine Gefühle unter Kontrolle zu halten. Und solange du das nicht kannst, werde ich deine Aufgabe auf meinen Schultern mittragen.«

Ich kochte vor Zorn, doch hatte ich in den letzten beiden Jahren gelernt, dass mich nur Vernunft und Einsicht weiterbrachten. Zumindest so zu tun, reichte in den meisten Fällen schon aus. Somit stieß ich ein »Natürlich, Onkel John!« aus und legte einen unschuldigen Blick auf.

Onkel John lachte und fuhr mir durch die Haare. »Natürlich, John-Boy. Eines Tages wirst auch du so weit sein. Bis dahin werde ich immer deine Hand halten. Ich verspreche es dir.«

58

Jenny und Sven – Sonntag, mittags

Sven musste kräftig schlucken, als er den handgeschriebenen Brief, der in Plastik eingetütet war, in seinen Händen hielt und die ersten Zeilen las.

Liebe Mama,

es tut mir leid, dass ich dir das antun muss, aber es ist besser so für dich. Erst jetzt habe ich verstanden, dass auch ich ein Teil von Vaters brutalen Plänen bin. Ich weiß nicht, wieso er das getan hat, aber ich spüre in mir, dass ich genauso grausam sein kann wie er. Mama, ich habe mir wirklich nichts dabei gedacht, als ich das Seil beschädigt habe, sodass es reißt. Ich dachte, das wird lustig. Doch als ich Enrique sah, der leblos auf dem Gitter festgebunden war, als wir ihn wieder aus dem Meer zogen, war ich erschrocken über meine eigene Tat. Und doch hab ich in mir eine Befriedigung verspürt. Kannst du dich noch an meinen Hamster erinnern, der plötzlich verschwunden war? Oder die Katzenbabys? Mama, ich möchte dir nicht sagen, was ich mit den Tieren angestellt habe. Auch wenn ich es entsetzlich finde, was ich getan habe, habe ich den qualvollen Tod genossen. Mama, wenn ich das gemacht habe, war ich wie berauscht. Als wäre ich nicht ich selbst gewesen. Als ich auf der Polizeistation mitbekam, dass Vater der Täter sein soll, war ich geschockt.

Kannst du dich noch daran erinnern, als Papa mich vor einigen Jahren mit in ein Tonstudio nahm? Damals haben wir gemeinsam ein Hörspiel für dich aufgenommen. Einige Szenen, die ich gesprochen habe, hat er aber rausgeschnitten. Auch die Schreie. Mama, vielleicht hat er meine Stimme benutzt, um die Jungs anzulocken.

Es tut mir leid. Ich hab nichts geahnt, und ich will nicht so ein Monster werden, wie Vater eines ist. Und nun – heute – hab ich verstanden, dass nicht ich das bin, sondern mein Vater, der in mir lebt. Vater hat mir seine Gene übertragen. Du musst verstehen, ich hab diese Träume. Ich sehe mich, wie ich Menschen umbringe. Und das tagtäglich. Erst vor wenigen Wochen habe ich mit Vater darüber gesprochen, und er meinte, es sei normal und er wäre stolz auf mich, dass ich in seine Fußstapfen treten würde. Bis zum heutigen Tag hab ich die Bedeutung dieser Worte nicht verstanden. Doch hat er mir seine Schatzkiste überlassen. Du weißt schon, diese,

229

die er von seinem Onkel geerbt hat. Mama, ich fand darin unter anderem einen Anstecker, der dem von Marcos aufs Haar gleicht. Und auch ein kleines goldenes Kreuz mit einer Kette dran. Eingraviert war ein E. Vater hat meine Freunde umgebracht, und ich werde auch Menschen töten. Auch wenn ich es nicht will, werde ich es tun. Es tun müssen. Es ist wie ein Zwang, der in mir steckt. Bitte vergib mir.

Mama, sei nicht traurig!

Dein dich immer liebender Sohn.

Sven wurde von seinen Gefühlen überwältigt, und bittere Tränen rannen ihm die Wangen hinunter. *Wie verzweifelt muss Santiago gewesen sein, diese Zeilen zu schreiben?* Er schaute zu Jenny, die wenige Meter von ihm Meli in ihren Armen wiegte.

»Hat das Meli schon gelesen?«, fragte Sven und blickte zu Carlos.

»Nein, natürlich nicht. Ich kann ihr das doch in diesem Zustand nicht zeigen. Dafür hab ich die Polizeipsychologin angerufen. *Señora* Sanchez ist auf dem Weg hierher. Du kennst sie doch, oder?«

Sven wurde mulmig bei dem Namen, als er an den Fall mit den kopflosen Leichen dachte, der gerade einmal ein paar Monate her war. Sofort verdrängte er den Gedanken daran. »Moment!

Ihr habt Cecilia Sanchez als Polizeipsychologin?«

»Ja, sie ist sehr gut in ihrem Job und hilft den Hinterbliebenen bei der Trauerbewältigung.«

Carlos griff sich an seine linke Schulter, wo ihn die Kugel damals getroffen hatte. Vermutlich kamen auch ihm die Erinnerungen an diesen Fall wieder in den Sinn, als er an Cecilia dachte.

59

Jenny und Sven – eine Woche später

»Es geht mir einigermaßen gut«, sagte Meli zu Jenny und Sven und packte die Dekorationsartikel auf der Anrichte im Wohnzimmer in den Karton ein. »Ich werde zurück aufs Festland gehen zu meinen Eltern. Hier, auf Gran Canaria, kann ich nicht leben. Alles erinnert mich an Santiago.«

»Das verstehen wir«, sagte Jenny. »Aber weswegen haben Sie uns angerufen? Sie meinten, es sei dringend.«

»Ich wollte Sie bitten, an Santiagos Geburtstag, der wäre in drei Tagen, Blumen auf die Felsen am Strand zu legen.« Melis Worte waren kaum hörbar. Sie kämpfte sichtbar mit den Tränen. »Heute am Abend geht mein Flug. Die restlichen Sachen hier werden von der Spedition geholt in gut einer Woche. Ich nehme nur das Nötigste mit. Alles, was mich an Max erinnert hat, habe ich bereits entsorgen lassen. Ich will ihn aus meinem Leben strei...« Doch stockte sie plötzlich und hielt ihre Hände vors Gesicht. Lautes Schluchzen drang hervor. Jenny sprang auf und zog sie mit sich, damit sie sich auf das Sofa setzen konnte.

»Ja, das ist völlig verständlich. Nach allem, was er Ihnen angetan hat. So eine Reaktion ist menschlich.« Jenny legte ihre Hand auf Melis Schulter. Es dauerte mehrere Augenblicke, dann hatte sich Meli wieder einigermaßen im Griff.

»Die ganzen Jahre hat er mir nur etwas vorgespielt und unseren ... meinen Sohn ins Grab gebracht. Ich hoffe, Max verreckt an seinen Verletzungen. Sobald sich seine Situation verschlechtert, hab ich bereits mein Einverständnis gegeben, dass die Ärzte die Geräte abschalten dürfen. Ich könnte kotzen, dass er noch am Leben ist und Santiago nicht mehr.« Melis Gesichtsfarbe änderte sich von Schneeweiß in ein sanftes Rot. »Ich war für ihn nur Mittel zum Zweck. Nicht mehr und nicht weniger. Und ich Idiotin hab es für die große Liebe gehalten. Er hat jahrelang nur so getan, als könne er nicht richtig laufen. Nur damit er seine abartigen Fantasien ausleben konnte, dass niemand Verdacht schöpfen würde. Das ist so erbärmlich. Er war alle zwei Jahre in Österreich bei einem Arzt und hat sich untersuchen lassen, ob eine Chance auf Heilung besteht. Zumindest hat er das behauptet. Was genau er dort getrieben hat ... ich will es gar nicht wissen. Ich ahne Schlimmes.«

Sven hatte bisher geschwiegen, wusste er doch nicht, was man in solchen Situationen am besten sagen könnte, doch jetzt meldete er sich zu Wort. »Das konnte niemand ahnen, Meli. Sie haben daran keine Schuld.«

Meli nickte. »Ja, das hat mir *Señora* Sanchez auch gesagt. Sie hat mir auch eine Kollegin empfohlen in der Nähe von Sevilla. Die täglichen Gespräche mit ihr haben mir geholfen, all das begreifen zu können. So, genug gejammert. Ich will Sie beide auch nicht länger aufhalten. Bitte, erfüllen Sie mir meinen Wunsch.« Ein flehender Blick folgte.

»Natürlich«, sagte Jenny. »Selbstverständlich machen wir das. Wir wünschen Ihnen einen guten Flug und hoffen, dass es bald wieder bergauf gehen kann.«

»Das hoffe ich auch.«

60

Jenny und Sven – Santiagos Geburtstag

Sven war mit den weißen Lilien auf die Felsen geklettert und legte sie an den Platz, an dem Santiago sein Leben beendet hatte. Sven kämpfte mit der aufkommenden Traurigkeit.

Er ging zurück zu Jenny, die wenige Meter von ihm entfernt stand, und stellte sich zu ihr. Beide schwiegen, gab es auch nichts, was man in diesem Augenblick in Worte hätte fassen können. Nach einiger Zeit sagte Jenny: »Komm, lass uns fahren.«

Sven nickte. Heute hatten die beiden ein Treffen mit Carlos vereinbart. Fünfzehn Minuten später standen sie bei ihm zu Hause in seinem Büro. Sarah war noch mit Raúl unterwegs, würde aber auch bald kommen.

»Setzt euch«, sagte Carlos.

»Also, was hast du herausgefunden?«, fragte Sven und lehnte seine Ellbogen auf den Tisch.

»Zuerst möchte ich mal sagen, dass wir das ohne deine Hilfe mit der österreichischen Polizei nicht so schnell hätten lösen können. Dein Einfall mit dem Bauunternehmer Wilhelm Garnitz alias Friedrich Clausen war genauso genial wie krank.«

»Echt?«, fragte Sven, und sein Brustkorb blähte sich auf wie bei einem Hahn. »Ein Lob, und das aus deinem Mund? Wie kommt das?«

»Ach, Sven. Du musst verstehen, dass wir von der Polizei uns immer an die Regeln halten müssen. Und du musst das nicht. Vielleicht bin ich ein wenig – wie sagt man das? – neidisch auf dich und deine Möglichkeiten?«

Sven lachte. »Ja, mir tut es leid, dass ich so böse auf dich war, weil du mich aus dem Fall raushalten wolltest. Aber genau das war der Grund, warum ich nachgebohrt habe.«

»Also. Ich weiß gar nicht, wo ich beginnen soll. Ehrlich!« Carlos legte einige Blätter der Akte vor sich zur Seite. »Ich beginne mit Alfred Kerwein. Also, ich konnte in Erfahrung bringen, dass Alfreds Vater nach dem Tod der Mutter in die Sekte eingetreten ist. Da war Alfred acht Jahre alt. Zu diesem Zeitpunkt gehörte Clemens Kerwein das Haus noch, in dem er mit seinem Sohn wohnte. Dieses wurde dann ein Jahr später für einen Spottpreis verkauft an Wilhelm Garnitz, den Bauunternehmer. Garnitz war aber derzeit nicht der Sektenführer, sondern ein gewisser Noah Siemens. Der verschwand, als Alfred vierzehn wurde, und ist niemals gefunden worden. Die Gruppe selbst wurde gesprengt, als Alfred Kerwein achtzehn Jahre alt war. Angeblich, also laut Aussage einer … Nicole Schein, war er von seinem zwölften bis zum achtzehnten Lebensjahr aktives Mitglied.

Das heißt, direkt nach dem Tod seines Vaters wurde er in die Sekte aufgenommen.«

»Ich verstehe nicht, warum Alfred nicht auch verkauft wurde. Weißt du, was ich meine? Er hatte doch genau das richtige Alter, als er in diese Gruppe kam.«

Carlos blätterte und nahm einige Zettel aus der Akte heraus, bis er den richtigen Abschnitt gefunden hatte. »Ist wohl auch den Kollegen von damals schon etwas seltsam vorgekommen. Denn hier steht, dass diese Nicole Schein angegeben hat, dass Alfred wohl von Garnitz persönlich beschützt worden ist. Keiner durfte dem Jungen zu nahe kommen.«

»Okay. Und konntest du herausfinden, ob Alfred Kerwein mit dem Bauunternehmer nach Santorin verschwunden ist?«, fragte Sven nach.

»Ja, zumindest ermitteln wir in diese Richtung. Ich kann auf jeden Fall sagen, dass Wilhelm Garnitz und Friedrich Clausen ein und dieselbe Person war. Und ich weiß, dass er und ein gewisser Alois Hofnick auf Santorin eine Baufirma hatten. Diese wurde nur wenige Tage nach der Sprengung der Sekte eröffnet. Die Fingerabdrücke, die damals auf der Kletterausrüstung gefunden wurden, stammen eindeutig von Alfred Kerwein. Somit nehmen wir an, dass dieser Alois Hofnick ein weiterer falscher Name von Kerwein war. Er war angeblich nur stiller Teilhaber dieser Firma. Was wir allerdings wissen, ist, dass Wilhelm

Garnitz am Geburtstag von Alfred Kerwein ums Leben kam. Dass dies ein Zufall sein soll, kann ich mir beim besten Willen nicht vorstellen.«

»Das kann ich mir auch nicht vorstellen. Wie alt war Alfred Kerwein da?«, fragte Sven, und Carlos hielt einen Moment inne.

»Zweiundzwanzig. So, und jetzt kommt es. Also der stille Teilhaber von Wilhelm Garnitz ist am selben Tag verschwunden. Und ein halbes Jahr nach diesem Unfall hat ein gewisser Max Heger auf Lanzarote eine Baufirma eröffnet. So viel zum Thema Zufälle. Ich denke, Alfred Kerwein ist unter dem Namen Alois Hofnick nach Santorin geflohen. Dort hat er dann seinen Partner umgebracht und ist von dort unter dem Namen Max Heger nach Lanzarote.«

»Krass«, sagte Jenny, die bisher nur still das Gespräch verfolgt hatte. »Und wie viele Jungen sind nun dem grausamen Ritual der beiden zum Opfer gefallen? Weißt du da schon was?«

»Die genaue Zahl ist uns noch nicht bekannt. Aber es sind weit über dreißig Jungen aus den verschiedenen Ländern. Wir haben in dieser Kiste, die Santiago in seinem Abschiedsbrief erwähnte, viele Souvenirs gefunden, die wir nach und nach den einzelnen Vermissten zuordnen konnten. Wir arbeiten eng mit den griechischen und den österreichischen Behörden zusammen. Doch es gibt noch etliche Fälle, die offen sind. Das wird noch dauern, bis wir da konkrete Zahlen haben.«

»Das ist so krank, dass er sich Trophäen von seinen Opfern aufgehoben hat. Ich könnte kotzen, wirklich«, warf Sven ein. »Aber sag mal, was ist aus den anderen Mitgliedern dieser Sekte geworden? Also die, die entkommen sind. Schwirren die noch irgendwo rum, oder wie?«

»Das kann ich dir leider nicht beantworten. Aber da ist mein Freund von Interpol dran. Ich hoffe nicht, dass die noch irgendwo auf der Welt ihr Unwesen treiben.«

»Das hoffe ich auch nicht. Was bringt Leute dazu, bei so einer Sekte Mitglied zu werden?«

»Sie boten verzweifelten Menschen Hoffnung. Einen Grund weiterzuleben. Und machten sie von sich abhängig, indem sie das gesamte Hab und Gut auf die Sekte umschreiben ließen. Die Mitglieder hatten nichts mehr außer ihren Führer.«

»Ich frage mich trotzdem noch immer, wie diese Leute zu dieser Sekte gekommen sind«, sagte Jenny. »Ich meine, die werden sich doch nicht auf der Straße durch Zufall getroffen haben.«

»Über Selbsthilfegruppen wurden sie ... ich nenne es mal ausgesucht. Zum Beispiel war der Vater von Alfred Kerwein in einer Trauergruppe nach dem Tod seiner Frau. Und die festgenommene Nicole Schein war bei den Anonymen Alkoholikern. Auch bei den restlichen Mitgliedern der Gruppierung ließ sich das bestätigen. Alle, die in der Sekte waren, lagen am Boden und hatten keine Chance mehr, allein ins Leben zurückzufinden. Und dann kommt der Sektenführer und verspricht ein tolles Leben, ohne Schmerz, ohne Probleme. Und wie du siehst, waren einige bereit, alles dafür zu tun.«

61

Vor 21 Jahren

»Warum hast du mich ausgewählt?«, fragte ich Onkel John, während wir beide auf der Lauer lagen und den braunhaarigen Jungen beobachteten, wie er von seinem Zuhause mit einem klapprigen Fahrrad losfuhr. Noch nie hatte ich mich getraut, Fragen zu stellen, die die Beziehung zwischen Onkel John und mir betrafen. Meistens herrschte harmonisches Schweigen zwischen uns. Onkel John war noch nie ein großer Redner gewesen. Und doch, heute musste es raus, denn morgen würde sich alles ändern. Er hatte es mir versprochen!

Meine Frage schien unvermittelt zu kommen, denn Onkel John schaute mich mit großen Augen an. »Wie meinst du das, John-Boy?«

»So, wie ich es gesagt habe. Ich werde morgen zweiundzwanzig Jahre alt, und wir haben noch nie darüber gesprochen, warum du mich als deinen Nachfolger gewählt hast.«

»Weil ich dich genauso liebe, wie ich meinen eigenen Sohn geliebt habe.« Er wandte seinen Blick von mir ab und sah den staubigen Weg hinauf. Elios, der Junge, den wir uns ausgesucht hatten, bog soeben in eine Gasse ein. Vermutlich, um seinen Freund abzuholen, wie jeden Tag.

»Du hast einen Sohn?« Ich war erstaunt, hatte ich doch bisher nichts davon geahnt. Nicht einmal ansatzweise war mir das in den Sinn gekommen.

»Hatte!« Es war ein scharfer Unterton in seiner Stimme zu hören, der mich dennoch nicht davon abhielt weiterzubohren.

»Also ist er gestorben«, sagte ich nachdenklich. »Was ist passiert? Wie alt war er?«

»Vierzehn«, sagte Onkel John und seufzte. Doch es blieb bei diesem einen Wort. Ich vermutete, dass er nicht darüber sprechen wollte, und ließ von dem Thema ab.

»Wann schnappen wir ihn uns?«

»Was?« Ein irritierter Blick folgte, der sogleich in einen wissenden umschlug. »Ach so. Elios meinst du. Heute Abend.«

***

Es war ein Leichtes gewesen, den Jungen zu entführen. Ein gespanntes Drahtseil holte Elios von seinem Fahrrad. Schließlich färbte die Sonne den Horizont schon in ein dunkles Rot, und lange Schatten zogen sich über die Schotterstraße. Da war das Seil fast unsichtbar. Er lebte in einem kleinen Dorf in der Nähe des roten Strandes. Die weißen Häuser waren alle so winzig klein, und doch beherbergten sie viele Familienmitglieder. Es standen nur wenige Häuser in der Straße, die meisten besaßen riesige Grundstücke, die aber teilweise brach lagen und verwahrlost waren. Niemand bemerkte uns, als wir den Jungen von der Straße ins Auto verfrachteten. Meine Hände waren schwitzig, und die Aufregung stieg. *Bekomme ich heute schon mein Geschenk? Werde ich heute die ehrenvolle Aufgabe von Onkel John übernehmen?*

»Darf ich den Beton über den Jungen gießen?«, platzte es aus mir heraus.

Doch Onkel John lachte nur. War das eine Antwort?

»Sag schon? Ist das meine Überraschung?«, probierte ich es erneut.

»Nein, mein John-Boy. Das bleibt so lange meine Aufgabe, bis ich sterbe. Dann erst wirst du sie übernehmen. Du bist dafür noch viel zu unerfahren.«

Die Aufregung in mir war blitzartig der Wut gewichen, die in mir loderte wie ein Buschfeuer. Ich schaute zu Onkel John, der hinter dem Steuer saß und seelenruhig nach vorne starrte. Als hätte er mit mir ein ganz normales Gespräch geführt. Ich wusste, heute musste der Tag sein, an dem ich die Führung übernahm. Je mehr ich darüber nachdachte, umso stärker wurde das Verlangen in mir. Ich war der Führer! Es war meine Aufgabe! MEINE!

Doch beherrschte ich mich und streckte meine zur Faust geballten Finger wieder aus.

Gefühlte Stunden, die eigentlich nur zehn Minuten Fahrzeit waren, parkte Onkel John den Wagen vor der Baustelle und wies mich an, den Jungen aus dem Kofferraum zu holen. Er selbst schlurfte davon und bereitete seinen Showdown vor. SEINEN!

Ich hörte die Steine gegen die Metallwand des Betonmischers schlagen, als ich Elios hinter mir herzog. Onkel John sah das, ließ den Zementsack auf den Boden fallen und rannte zu mir.

»Bist du verrückt? Er wird sich verletzen!«, schrie er mich an und riss Elios' Arme aus meinen Händen. Ich schnaubte vor Wut! Onkel John legte ihn sich behutsam auf die Schulter, und in mir wuchs die Gier. Die Gier nach Macht.

Was dann Sekunden später geschah, konnte ich nicht mehr mit Gewissheit sagen. Als ich wieder klar denken konnte, lag Onkel John am Boden, der Junge vielleicht einen Meter von ihm entfernt. Blut drang aus Onkel Johns Kopf, und sein Blick war so sanft wie nie zuvor.

»Ich liebe dich, John-Boy.« Er hustete und streckte seine Hand nach mir aus.

Ich war verwirrt und starrte auf die Schaufel in meinen Händen und dann wieder zu Onkel John.

»Was ist mit deinem Sohn passiert?«

»Er war nicht stark genug.«

»Ich versteh nicht …«, sagte ich, doch er unterbrach mich.

»Ich wollte ihn in die Kunst, die auch schon mein Vater zelebriert hat, einführen. Doch er wollte nicht. Verstehst du? Er war nicht so etwas Besonderes wie du! Er hat die

Notwendigkeit nicht verstanden. Und nun ist er stark.«

Ich brauchte nur einen Moment, um zu überlegen, dann nickte ich wissend.

»Doch hatte ich schwere Gewissensbisse nach seinem Tod. Sein Verschwinden wurde nie aufgeklärt. Wie auch?« Onkel John lachte. Ein Hustenkrampf schüttelte ihn, und er brauchte einige Zeit, bis er wieder sprechen konnte. »So kam ich an Noah. Er war für mich da und hat mich durch diese schreckliche Zeit begleitet. Er hat mich aufgenommen wie einen alten Freund, er nahm mich an seine Hand, so wie ich dich an meine nahm. Vergiss nie, du bist mein Sohn, John-Boy.« Seine Augen drehten sich nach oben, und ich sah nur noch das Weiße darin. Der Tod hatte ihn geholt.

Ich hätte erleichtert sein müssen, war doch genau das eingetreten, was ich mir vorgestellt hatte. Aber ich brach in Tränen aus, die wie die bittere Wahrheit über meine Wangen strömten.

Ein leises Stöhnen erklang in meiner Nähe. Ich schaute zu Elios, der seine Hand an den Kopf hielt. Zuerst würde ich mich um ihn kümmern und dann um Onkel John. Schließlich konnte ich seine Leiche nicht hier liegen lassen.

Stunden später, als ich nochmals zum Auto ging und mein Wasser aus dem Kofferraum holte, sah ich Onkel Johns Kletterausrüstung. Da wusste ich, was ich machen musste. Und ich begriff im selben Moment, dass ich hier verschwinden musste. Zuerst noch meine

245

Aufgaben erledigen, und dann würde sich mein Freund Achill um meine neue Identität kümmern. Er war ein Profi und besorgte alles, was man sich wünschen konnte. Und außerdem schuldete er mir noch einen Gefallen.

62

2 Wochen nach Santiagos Tod

Ich fühlte mich wohl hier und war endlich angekommen. Meine Füße streckte ich in den mallorquinischen Sand und genoss die warmen Sonnenstrahlen auf meiner Haut. Doch sogleich erfüllte mich die unendliche Traurigkeit, Onkel Bill für immer verloren zu haben. Alles nur, weil er einen neuen Kick gesucht hatte und dabei einen Schritt zu weit gegangen war. Den entscheidenden Schritt. Nun war ich es, der die Aufgabe übernommen hatte. Derjenige, der weiterführen musste, was Jahrzehnte zuvor begonnen hatte. Seit Jahren wartete ich auf diesen Moment, endlich selbst die Schaufel zu bekommen. Um zu tun, was ich tun musste.

Einen kurzen Moment schwenkte ich gedanklich zurück in die Zeit, als meine Mutter ihrem Drogenkonsum endgültig erlegen war und Onkel Bill mich gerettet hatte. Vielleicht hatte er es gespürt, dass Mutters Tod von mir so geplant gewesen war. Vielleicht auch nicht. Diese Frage hatte er mir leider nie beantworten können. Schon Monate zuvor war er bei uns ins Haus eingezogen, doch niemals schlief er bei Mutter im Bett. Es war nur wenige Jahre später, da bekam auch er einen Sohn, der eines Tages eine Aufgabe der Gruppe weiterführen musste. Nur nicht seine, denn für diese war ich bestimmt. Onkel Bill war weder mein Onkel noch hieß er Bill. Doch damals, ich war erst dreizehn Jahre alt, war ich stolz darauf, ihn unterstützen zu dürfen. Mit ihm gemeinsam Operation Palme durchzuführen. Und ich war gerührt, als er mich gelobt hatte für meine gute Wahl und mich Little Bill nannte. Doch auch ich musste nun jemanden ausbilden, jemanden in meine Geheimnisse einweihen, jemandem mein Erbe weitergeben. Und da sah ich den Jungen, der kaum älter war, als ich es damals gewesen war.

In diesem Moment trafen sich unsere Blicke, und ich wusste, er war der Richtige. Onkel Bill hatte ihn mir geschickt für Operation Palme.
-Ende-

Lieber Leser, liebe Leserin.

Herzlichen Dank für den Kauf dieses Buches. Sicherlich fragen Sie sich, woher ich die Idee mit den Bauopfern habe. Wie mir das bloß eingefallen ist. Ich habe vor mehreren Wochen ein Interview mit dem Kriminalbiologen Dr. Mark Benecke gesehen. Neben anderen interessanten Themen hat er so nebenbei erzählt, dass ein Mann seine Frau im Wohnzimmer in eine Wand eingemauert hat. Das fand ich natürlich sehr spannend, und dadurch entstand die Idee zu dem Buch, das Sie gerade in Ihren Händen halten.

So wie in jedem meiner bisher erschienenen Bücher bedanke ich mich bei allen Mitwirkenden, die dieses Buch, so wie Sie es jetzt in Ihren Händen halten, überhaupt erst möglich gemacht haben:

An erster Stelle kommt mein Lieblingsmensch. Ich finde es immer wieder bewundernswert, dass du meine Schreibphasen erträgst, wenn ich mal wieder nicht von meinem Laptop wegzubringen bin. Danke. *Te quiero mucho.*

An zweiter Stelle steht natürlich Sascha, mein absoluter Lieblingslektor. Ich muss ja sagen, dass so manche Anmerkungen von dir so ›Kinkerlitzchen‹ sind, dass ich drüber lache und mir die Frage stelle, ob es noch einen einzigen Menschen auf der Welt gibt, der das auch infrage stellt. Aber ich find es gut, dass du

249

total genau arbeitest und mir trotzdem meinen Freiraum lässt. *Gracias a tí, mi amigo.*

An dritter Stelle, aber nicht weniger wichtig, kommen meine Testleserinnen Corinne, Franziska, Bianca, Bettina, Heidi und Verena. Auch ihr seid superwichtig für mich und meine Bücher. Wenn ich euch die Rohfassung schicke und die Fragen stelle: Was fehlt euch noch? Was habt ihr nicht verstanden? Dann kommt gut und gerne eine ganze Litanei an Kommentaren. Danke, dass ihr so genau lest. Ohne euch wären meine Bücher nur halb so gut vorbereitet für das Lektorat.

Natürlich ist auch mein Coverdesigner Renee nicht zu vergessen. Schön, dass mit dir die Arbeit so einfach und unkompliziert über die Bühne geht. Und vor allem, dass du immer für mich Zeit findest. Deine Cover sind einfach klasse.

Weitere Recherchen habe ich über Dr. Manfred Lukaschewski bezogen, der mir gerne Rede und Antwort stand. Er war Leiter einer Morduntersuchungskommission, studierte Physik und Kriminalistik und ist nun nach seiner Pensionierung selbst Autor. Auch dir lieben Dank für deine Geduld mit mir. Und alle Fragen zum Thema Beton hat mir Herr Ing. Stefan Mayerl von der Firma Wopfinger Transportbeton beantwortet. Auch lieben Dank an den Chemiker der Firma, der sicherlich auch ein wenig geschockt war von meinen Fragen.

An dieser Stelle möchte ich mich auch bei allen meinen Buchbloggern bedanken für die großartige Unterstützung, die ich bei jeder Buchveröffentlichung von euch bekomme. Und natürlich auch für den Spaß, den wir gemeinsam haben.
#Miteinanderstattgegeneinander

Und auch an Sie, liebe Leserin, lieber Leser, ein Dankeschön. Ich hoffe, es hat Ihnen Spaß gemacht und ich durfte Sie ein paar Stunden mit einer spannenden Story unterhalten. Ich freue mich, Sie in meinem nächsten Thriller, der voraussichtlich im Winter 2020 im Handel erscheint, wieder begrüßen zu dürfen.

Sie wollen mir Feedback geben zu meinem Buch? Schicken Sie mir eine Mail oder schreiben Sie einige Worte auf der Plattform, auf der Sie das Buch gekauft haben. Jede Autorenseele braucht ihre Streicheleinheiten.

Abonnieren Sie auch meinen Newsletter unter
https://dreasummer.us17.list-manage.com/subscribe?u=f806aca2ba0899a710c730527&id=9064ef0959
Oder schauen Sie auf meiner Website vorbei:
https://dreasummer.com/

Ihre
Drea Summer

251

Textschnipsel aus: Dein Tod ist mein Freund

Das Blut war aus ihren Adern getropft. Ganz langsam, Tropfen für Tropfen, habe ich es aufgefangen, und das reine Weiß hat ihre Haut in Besitz genommen. Ihre Augen haben hellblau geleuchtet, als sie ihren letzten Atemzug nahm.
Ein Schaudern lief über meinen Körper, allein der Gedanke daran versetzte mich in Hochstimmung. Der Tod hatte schon immer eine besondere Faszination auf mich. Als vor vielen Jahren meine Mutti von dem grausamen Tier innerlich aufgefressen wurde, lag ich noch lange an ihrem kühlen Körper. Ich genoss die Nähe zu ihr, und noch mehr hatte ich den letzten Atemhauch genossen, den sie machte, bevor ihr Mund offen blieb und sie mich mit ihren ausdruckslosen Augen anstarrte. Erst viel später erzählte man mir, dass ich wohl einige Tage neben der Leiche verbracht hatte. Ich wunderte mich, denn für mich hatte es sich nicht mehr als wenige Minuten angefühlt, die der Tod um mich herum war. Ich fühlte mich wohl in seiner Nähe. Der Tod war mein Freund. Ich brauchte ihn, um zu überleben.

Erhältlich als E-Book exklusiv bei Amazon und als Taschenbuch überall in jeder Buchhandlung